AF312306

ADRIENNE,

PAR

H. DE LATOUCHE.

I.

Voici quelles étaient, à peu près, les pensées d'un officier de marine, qui, en congé à Paris pour cause de convalescence, suivait, un soir de septembre 1841, la pente assez douce qui mène de la barrière du Trône à Ménilmontant. Il demeurait assez loin de ces quartiers solitaires ; mais il y allait à la recherche d'une adresse, et traversait avec quelque recueillement le boulevard consacré par une mésaventure de J.-J. Rousseau. Plus d'une fois, il s'était surpris, pendant la route, à vouloir deviner la place où, renversé par ce grand chien danois qui précédait un équipage de Mme la marquise de Saint-Farjeau, le philosophique vieillard était tombé le front sanglant, les mains encore pleines des fleurs de son herborisation.

Maurice Herblay, découragé sans cause, ennuyé et triste à vingt ans, se disait :

— Que faudrait-il donc pour me rattacher à l'existence et me prêter quelque émulation de vieillir ? Il me semble qu'à l'exception de ce bras, assez invalidement privé encore de son extension, mes forces reviennent. J'ai retrouvé, après deux ans d'absence, ma petite fortune très bien gouvernée par un tuteur qui me croyait mort ; et, dans cette sécurité du présent, dans cette paix de mon imagination et de mon cœur, je me surprends désintéressé de tout avenir. Pourquoi ?

Il est bien vrai qu'en abordant notre France je m'attendais à une jouissance d'âme que je n'ai point recueillie. J'avais pris loin de cette grande famille un certain orgueil de lui appartenir, et voilà que, rentré dans ce centre d'égoïsme, en ce bazar de consciences, au milieu d'un dédain presque universel de tout ce qui est noble et élevé, j'ai senti que la patrie me manquait. Les préoccupations générales sont pécuniaires. Le talent ne s'estime que par les profits qu'il rapporte. Qui donc est passionné, dévoué, enthousiaste aujourd'hui? Qui fait de la vie un poème? La gloire est dérision, l'honneur duperie. Les femmes ne règnent plus : ce sont quelques hommes, et encore de vieux hommes. Aussi ne se commet-il plus même de folies, on n'accomplit que des sottises.

Les grandes passions sont, en France, aussi rares que les grands hommes. La soif de l'or contagionne l'air. Si seulement nous n'avions que la peste, on en pourrait guérir; mais on nous a inoculé l'amour de soi, le plus sot des amours, le plus abject des fléaux. Ma foi! si les ministres qui nous gouvernent sont venus au monde pour amoindrir et dégrader un peuple, leur tâche est faite, leur règne ne ressemble qu'à la restauration, et même en laid. Tout élément généreux va périr.

J'ai bien tenté de faire de l'individualisme, en désespoir de placer nulle part un instinct de patriote; j'ai bien voulu me replier sur l'attachement aux localités restreintes, faute de sympathie avec la métropole; être au moins de mon village si je ne pouvais être de la France, et circonscrire à l'horizon d'un hameau cette prédilection qui enveloppait si chaudement autrefois tout le vieux territoire de la république, ne s'arrêtait qu'aux bords du lac bleu de Genève et devant l'immense barrière du Rhin. Je me suis rendu dans les solitudes de ma province, et là j'ai passé trois mois d'oisiveté poétique; mais ce recueillement lui-même, à quoi m'a-t-il servi? Sans doute j'ai reconstruit là-bas quelques rêves de mon enfance, j'ai retrouvé les châteaux ruinés dont personne ne se dit maître et qui n'appartiennent plus qu'aux rêveurs. Je me suis enivré d'isolement et de silence. Après la vie agitée que je venais de connaître, c'était un singulier plaisir que de voir remplacer l'horizon des mers par l'ondoyant aspect de nos brandes. Là, en l'absence de tous chemins battus même par le commerce, j'aimais ces voies tantôt largement ébauchées sur des terrains vagues et infertiles, tantôt creusées en fossés étroits entre deux haies escarpées. Si aucune diligence n'est aperçue là montant la pente des coteaux; si nulle amazone n'est rencontrée sur un cheval de luxe; si le parasol d'aucun artiste ne s'est arrêté jamais devant nos grands chênes et nos décombres, les sentiers du moins sont couverts de fleurs, et j'aimais à les suivre parce qu'ils ne servent qu'à de courtes communications entre un village et des métairies, une forge et quelques champs de foire. Je les retrouvais avec joie parce qu'ils ne sont foulés que par le soulier ferré du chasseur, ou l'ongle du mulet qui ramène le soir au moulin le farinier « en croupe de son sac. » Mais enfin la tristesse et je ne sais quelle vague inquiétude m'ont retrouvé, suivi, reconquis là en peu de semaines. Encore une fois, que me faut-il?

Maurice aurait pu se le dire et répondre à demi à la question qu'il osait se faire. Il lui manquait un tourment. Pour être heureux, il faut une affection, et il était seul. Qui ne végète que de sa vie propre existe-t-il? Ce prestige des champs, cette nature morte ne savaient remplir les inquiétudes de son âme, Maurice avait besoin d'enthousiasme pour vivre. Le premier qu'il eût senti, l'ardeur militaire, était éteint par ses blessures, et il fut ramené à Paris par le vide de son cœur. Il y revenait, ne fût-ce que pour chercher là quelques traces d'anciennes amitiés. Mais tel riant camarade du lycée suivait déjà une voie de cupidité qu'on appelle carrière. Tel enfant généreux, s'il eût été livré à sa nature, était devenu un hébêté jeune homme sans l'influence commerciale de sa famille.

Une des images qui s'était réveillée chez l'aspirant durant son exil volontaire était le souvenir d'une jeune parente un peu plus âgée que lui cependant, et qui lui avait servi autrefois de protectrice et de sœur aînée, avant l'époque où il avait dû quitter ses chères landes pour commencer de sérieuses études. Adrienne et lui, enfans de frère et sœur et orphelins tous deux, avaient été recueillis à quelques lieues du bourg d'Orcenne par un oncle commun, et tant qu'avait vécu cet ancien capitaine de la garde impériale, ses deux héritiers avaient partagé sa retraite et sa tendresse toute paternelle. Le vieux soldat avait laissé à son neveu, avec son titre impérial de comte de Flavières, sa propriété de Berry, et à Adrienne une rente sur l'état de valeur à peu près égale.

Il avait bien un troisième parent, mais plus éloigné, un simple cousin. Celui-là avait à peu près disparu ; c'était, comme on disait alors, un mauvais sujet, passé en Amérique et digne de l'oubli où le laissa le vieux général. Adrienne et Maurice, élevés ensemble, ne s'étaient séparés qu'à la mort de leur oncle ; Maurice pour entrer à l'Ecole polytechnique et Mlle de Parçay pour se réfugier près d'une ancienne amie de sa mère. A cette époque, la jeune fille arrivait à ses dix-huit ans, et l'écolier n'en comptait encore que quatorze. C'était là une grande demoiselle pour un très petit garçon. Mais, malgré la disproportion de leur âge, et peut-être même à cause de cette différence, il s'était fondé entre eux une sympathie fraternelle. Maurice avait voué une respectueuse tendresse à sa protectrice. Il la trouvait belle et rêveuse. Il se montrait fort jaloux en toute occasion de lui donner le bras, et s'efforçait de se grandir sur la pointe de ses bottes quand il était admis à l'honneur de la conduire à la messe du village. Long-temps il avait été touché et reconnaissant de ce qu'elle l'avait choisi pour être parrain avec elle d'un premier garçon du fermier de Vilneuil, et cela à l'exclusion de grands et riches voisins qui avaient brigué cette faveur. Mais, une fois à Paris, les deux parens se trouvèrent jetés en des mondes si différens, que leurs rapports se rompirent. Maurice alla bien prendre congé d'Adrienne avant de se rendre à Brest ; mais il était, ce jour-là, si enivré de l'avenir qui s'ouvrait pour lui, que le plus vif attrait de cette visite fut évidemment l'orgueil de montrer le trèfle d'or de ses épaulettes. Il ne remarqua point près de sa cousine un avocat qui lui était présenté comme futur époux, et à peine s'aperçut-il qu'après un long regard, il échappa quelques pleurs à Mlle de Parçay, quand lui-même l'embrassa étourdiment et prit congé d'elle.

Aucune lettre, aucune nouvelle, même indirectes, n'avaient été échangées entre les orphelins pendant les trois années que dura la première absence de l'aspirant, et Maurice, pendant ce temps, passa même pour avoir été tué sur les côtes de l'Algérie.

A sa rentrée en France, malade qu'il était, peu propre, à cause de ses blessures, à suivre, à retrouver les traces de personne, puis obsédé par son médecin pour aller prendre les eaux de Vichy, il ne s'était sérieusement souvenu de sa parente que lorsque, revenu dans l'ancienne propriété de leur oncle, il avait retrouvé là, avec le repos, toutes les réminiscences de sa première vie.

Depuis la veille seulement, Maurice était donc à Paris et cherchait la dernière adresse de Mme de Veyrac, cette amie de la mère de sa cousine ; car il savait, depuis le matin même, que la vénérable dame n'était plus. Mais il pensait avec raison que, dans l'hôtel qu'elle avait occupé, quelqu'un saurait ce qu'était devenue, après le sinistre événement, Mlle de Parçay, la protégée de la défunte. Et , en effet, lorsqu'il fut parvenu à la maison écartée et qu'il s'adressa à la femme du concierge :

— Mlle Adrienne ? dit la loquace personne: oh ! elle a quitté cette maison presque aussitôt que Mme la comtesse a eu fermé les yeux, la digne dame ! Elle a même abandonné Paris pour aller demeurer en province où j'ai su qu'elle s'était mariée. Mais elle pourrait bien être revenue se fixer ici, car mon mari l'a rencontrée quelquefois. Est-ce que monsieur ne connaît pas cette dame ?

— Pardonnez-moi, beaucoup.

— Et vous ignorez tout cela ?

— Parfaitement. Mais, ma bonne, si vous êtes instruite de ces détails, vous pourriez peut-être me dire aussi son nouveau nom et sa nouvelle adresse.

— Eh! mon Dieu! mon cher monsieur, je l'ai bien su le nom de son mari, mais je l'ai oublié. Attendez donc ! — Oui, je l'ai oublié. — Je le retrouverai. C'était un voyageur, quelque chose comme un aventurier, à ce qu'il paraît; mais quel intérêt aurait-on à retenir ces détails-là quand on n'est pas plus bavard et curieux que nous ne le sommes? Pour la dame, mon mari qui, est employé à l'octroi, et plus souvent qu'ailleurs à la barrière de Rochechouart, m'a assuré qu'il l'avait vue encore tout récemment. Elle sortait de la rue Lafayette pour suivre les boulevards extérieurs. Même qu'il lui aurait parlé, s'il n'avait été de service. Il croit bien qu'elle doit demeurer par là, et pas loin du fameux banquier Iscarioff. C'est un quartier très solitaire et très beau ; et vous devez savoir, si vous connaissez en effet la jeune mariée, qu'elle n'aime ni le bruit ni la cohue.

Maurice s'éloigna à demi satisfait.

Il eût été en peine de savoir si la nouvelle du mariage de sa cousine lui causait plus de contentement que de déplaisir.

L'inquiétude, toutefois, se réduisait à savoir quelle était la personne même de ce mari. Ce nouveau parent lui serait-il affectueux ou antipathique? Ce que voulait le naïf lieutenant de frégate, âme impatiente de tendresse, éprise du besoin d'échanger d'intimes effusions, c'était des rapports de bienveillance et de famille. Serait-il secondé ou empêché par de tels liens? Sa préoccupation unique s'établit donc sur les chances qui allaient s'ouvrir à cet égard; mais il finit par se répondre : Adrienne n'a pu que bien choisir. Je la connais ; elle n'aura épousé qu'un homme de cœur, un esprit distingué. Ce sera un être de plus à chérir.

Il alla sur-le-champ rôder vers l'extrémité du quartier Saint-Georges et quand il eut touché le somptueux hôtel du banquier, il se prit à consulter du regard les maisons voisines, comme pour y épier une analogie possible entre ceux qu'il cherchait et ce quartier nouveau. Maurice était de ces songeurs qui supposent toujours un rapport saisissable entre l'habitacle et les habitans, la ruche et l'abeille. Et il s'efforçait de confronter la disposition des rideaux de croisée avec le bon goût d'Adrienne, le fond de quelques tentures d'appartemens entr'ouverts au soleil couchant avec les couleurs qu'elle avait coutume de préférer. Au milieu de cette disposition d'exploration oisive, le nez en l'air, la démarche incertaine, il aperçut à un entresol une négresse qui cessa de converser avec un perroquet pour le considérer lui-même avec une fixité de regards presque automatique. Il crut reconnaître une ancienne femme de charge de Mme de Veyrac, et comme il en était à penser : — Cette créature aurait-elle été prise au service d'Adrienne? la négresse lui fit un salut de respect tout affectueux, et montra la blancheur de son sourire.

— Savoir peut-être qui chercher vous, monsieur, dit-elle ; approcher un peu, s'il vous plaît.

La porte d'une cour ornée d'arbres était ouverte, et la servante vint au-devant du jeune homme qui n'avait d'autre nom pour elle que celui de Maurice. Mais elle le reconnut très bien pour être venu autrefois en visite chez la comtesse décédée.

Elle le fit à peine entrer, ne lui proposa pas de s'asseoir, et, sans autre préambule, elle lui annonça que Madame était sortie.

— Et Monsieur ? demanda affectueusement Maurice.

— Pauvre vous ! dit la femme noire : pas savoir donc que monsieur est déjà avec Dieu ! mort très vite, le digne homme. Moi l'avoir jamais connu. La jeune maîtresse arrivée de Marseille au bout d'un an avec des habits tristes. Elle n'en parle jamais, mais penser beaucoup. Elle lui a fait bâtir un marbre là-bas, et elle sort bien souvent pour aller dans le jardin à Père-Lachaise. Elle y pleure quelquefois, mon brave monsieur. Qui aurait mieux mérité qu'elle d'être heureuse? Et moi j'ai peur si elle rentre après le soleil.

— Que faire? pensa tout haut Maurice. Et si j'allais au devant de ma cousine?

— Oh ! bien fait, dit la négresse. Vous ne pouvez manquer : elle suit tous les grands ormes le long des murs et vous reviendrez avec.

Maurice obéit à cette résolution spontanée, impatient qu'il était de récapituler avec lui-même les événemens qui avaient frappé d'une manière si rapide la personne qui allait composer désormais à peu près toute sa famille.

Il marcha mélancoliquement vers la barrière des Amandiers, mais non la tête assez inclinée par la réflexion pour ne pas observer du coin de l'œil la tournure et la démarche des jeunes femmes qui viendraient à croiser son voyage sur la chaussée abritée d'arbres. Il arriva ainsi jusqu'à l'enceinte du mont Louis, puis s'engagea instinctivement vers la partie la plus ombreuse et la plus retirée de l'enclos.

— Eh ! mais, mon Dieu, se souvint-il alors, je n'ai pas su me faire dire le nom que porte maintenant ma cousine ! J'aurais dû revenir sur mes pas et prendre ce renseignement préalable.—Si ce nom était un nom que je connusse par hasard?—Mais à quoi bon le savoir d'avance? Assurément je n'ai besoin que de mes yeux pour la reconnaître, et quelque appellation qui défigure à présent pour les autres ma compagne d'enfance, pour moi ce sera toujours et bien facilement Adrienne.

Il s'enfonça sous les bosquets funèbres et fut d'abord frappé, comme nous le sommes tous, de l'abandon où les vivans laissent cette cité des morts. Contradiction bizarre avec l'idée toute matérialiste qui a paré ce sanctuaire ! Ou ces restes ne sont rien, et pourquoi tant de luxe ? Ou ils sont tout, et pourquoi cette indifférence ? A peine si quelques curieux suivaient les plus larges sentiers de ce dédale, en jetant çà et là un regard vague et critique et ne trouvant de paroles que pour censurer avec raison plus d'une disposition monumentale, et flétrir la sécheresse ou l'orgueil de presque toutes les inscriptions tumulaires. Les plus vastes tombeaux sont les plus spécialement délaissés. Si quelques fraîches couronnes et un tertre cultivé attiraient les yeux du marin, c'était infailliblement autour d'une petite croix de bois noire, mal défendue par une fragile balustrade.

L'heure de fermer l'enceinte allait déjà sonner : les gardiens commençaient cette ronde qui avertit les promeneurs. Les chiens de Terre-Neuve qui précèdent ordinairement quelques uns des concierges, venaient flairer avec un instinct d'hostilité ou de tolérance évidente les pieux visiteurs ou les larrons qu'ils soupçonnaient. Enfin, sous un massif, au pied d'un peuplier encore grêle, et sur une de ces chaises rustiques qu'on abandonne aux intempéries, était assise une femme en deuil. Elle se leva au bruit des pas qui s'approchaient d'elle; mais, avant de s'éloigner, elle laissa presque furtivement tomber son bouquet sur une dalle où quelques mots étaient gravés.

— Adrienne ! s'écria Maurice : car il n'avait pas été maître de retenir la première expression de sa surprise et de sa joie.

Cet accent avait fait tressaillir la veuve qui s'oubliait ainsi. Elle porta une main sur son cœur et en même temps un regard comme effaré sur la pierre qui recouvrait son époux. On eût dit qu'elle avait entendu son propre nom sortir de la tombe même où s'arrêtaient ses yeux.

Maurice s'avança, et les traces d'une terreur profonde se peignirent encore une fois sur les traits d'Adrienne.

— Pardonnez à mon imprudence, madame ; à mon indiscrétion, dit l'officier : mais c'est vous que je cherchais, et je n'ai pu contenir l'irrésistible bonheur que j'ai à vous retrouver.

— Maurice !... Maurice ! balbutia Adrienne, combattant le premier étonnement qui l'avait fait pâlir.

— Oui, Maurice, qui vient s'associer à vos peines et non profaner votre recueillement, se hâta d'ajouter ce jeune homme. Le jour tombe ; acceptez mon bras. D'où vient que je vous causerais quelque appréhension ?

Adrienne, précipitamment élancée hors du bocage, osa seulement alors regarder attentivement son cousin. Ce fut avec timidité d'abord, puis elle étendit son bras jusqu'à lui, soit pour s'assurer qu'elle n'était point dupe d'une illusion, soit pour se soutenir elle-même, car elle se sentait très chancelante. Puis avec une évidente ironie contre elle-même :

— Insensée ! se dit-elle. Et elle ajouta : Mais ma frayeur serait-elle donc si étrange, monsieur, puisqu'on vous avait dit mort en Algérie ? on l'a imprimé...

— Et vous ne l'avez pas cru, dit Maurice. Ne devais-je pas conserver la vie pour être votre protecteur à mon tour, votre défenseur, votre ami ? Je ne suis que blessé, mais assez grièvement, ajouta-t-il d'un ton presque joyeux.

Adrienne alors laissa errer un indéfinissable sourire sur des lèvres encore violettes et tremblantes. L'officier leva les yeux au ciel comme pour le remercier de lui avoir conservé un cœur affectueux, puis quand il se retourna afin d'offrir le meilleur de ses bras à sa cousine...

Sa cousine était évanouie.

II.

Quand l'émotion se fut un peu calmée, et que les deux cousins, revenus à toute la joie sereine que leur causait leur réunion, eurent marché quelque temps ensemble sur le boulevard désert, se donnant le bras fraternellement :

— Voici, dit Maurice, ce qui a pu donner créance à la fausse nouvelle de ma mort : un hasard qui n'a que pour nous quelque importance.

J'étais en rade de Bonne, indigné de l'oisiveté de toute la flotte et de la mienne en particulier, quand je fus désigné par le commandant du bâtiment que nous montions, le brick le *Pèlerin*, pour une petite expédition sur la côte. Il s'agissait de pénétrer jusqu'à un groupe de blockaus assez voisin du rivage, afin de prévenir l'officier qui défendait ces frêles retranchemens que nous étions chargés de le ravitailler en munitions de guerre et en biscuit. Il était nécessaire que le poste fût averti quelques heures avant le débarquement, afin d'envoyer des hommes avec des mulets, si on en pouvait avoir, ou, faute d'autres serviteurs, quelques ânes du pays, au devant de nos provisions. Les moyens de transport devaient coïncider exactement avec le moment où les canots toucheraient la plage, sous peine de voir enlever les ressources, dont on avait un grand besoin, par une de ces razzias que les Bédouins opèrent très bien à notre instar et à la course. J'avais un équipage de cinq hommes, l'ordre de ne mettre qu'une nuit à cette opération, et défense absolue de prendre aucune part à ce qui ne serait point le spécial objet de mon voyage. L'embarcation ne devait m'attendre moi-même et mouiller sur le rivage que jusqu'au lever du soleil. Je partis. J'avais touché la terre africaine par une de ces nuits transparentes qui ne ressemblent pas plus aux aveugles obscurités de nos climats que l'acide des pommes de Normandie n'approche de la saveur des oranges, et le gloussement de l'Esquimau de la mélodie italienne. A la lueur des étoiles, je reconnus quelques ruines des Romains et des débris de fortifications espagnoles : deux traces éloquentes de l'impuissance des étrangers à soumettre les sables d'Ismaël. Je trouvai le commandant du principal blockhaus assez inquiet touchant la réussite de notre plan.

— Ces misérables Bédouins, me dit-il, rôdent incessamment entre la grève et mes guérites de bois mal défendues par quelques terrassemens. Ils se tiennent dans les ravins d'alentour, couchés ventre à terre, ou à l'abri des figuiers sauvages et des palmiers nains. Il faudrait faire une sortie de presque tout mon monde, afin de balayer l'espace depuis nos retranchemens jusqu'au littoral.

— Qu'à cela ne tienne, mon brave, dis-je à l'officier. L'expédition me paraît utile et j'en serai.

— Il doit, me répondit le commandant, vous avoir été défendu, à vous, de compromettre votre péniche et de manier le mousquet.

—Comme officier, en effet, dis-je, je n'ai rien ici à prétendre ; mais un partisan, un homme de bonne volonté, un soldat de plus, capitaine, ça ne peut vous nuire.

L'officier sourit et nous partîmes, car il y avait peu de momens à perdre.

— Les balles, ma chère cousine, ne manquèrent pas, en effet, de siffler à nos oreilles, à cent pas des blockhaus. Puis, à notre approche, nous vîmes dans la plaine se lever derrière les moindres élevations du sol, les buttes de sable, les touffes d'aloès, un, deux, jusqu'à cinq Arabes à la fois, à peu près comme les perdreaux dispersés d'une même compagnie. Tous s'envolaient vers un seul point de l'horizon. Leur remise était derrière un petit bois d'oliviers. Le capitaine du blockhaus m'avait recommandé plusieurs fois de ne jamais le quitter de plus de soixante pas ; mais je venais de voir tomber un fuyard, et l'appât d'aller saisir ses armes m'emporta. Je voulais surtout m'emparer d'un de ces yatagans dont j'avais entendu dire que les Kabyles font un si rapide et si terrible usage. Ils sont aussi prompts à couper une tête que les Mohicans à scalper une chevelure.

— Mon Dieu, prenez bien garde, dit Adrienne, comme si l'action allait se passer sous ses yeux.

— Je m'avançais donc jusqu'à la lisière des oliviers, quand deux cavaliers en sortirent avec l'impétuosité du vent : ce vent qui faisait ondoyer devant moi la crinière de leurs montures, flotter leurs bournous blancs, et voler derrière eux la poussière. Je tenais l'un d'eux tout désigné du regard pour ma première cartouche et je suivais son approche, la main sur la détente de la carabine qu'on m'avait prêtée, quand je le vis se ralentir peu à peu. Le second avait échappé à mes regards et comme je portais déjà mon arme en joue contre l'ennemi que j'avais en face, je sentis par derrière tomber sur mes épaules un poids circulaire et au même moment une violente secousse me renversa sur le dos.

— Imprudent! fit Adrienne en pâlissant. Que pouvait-ce être? mon Dieu?

— Tout simplement, dit Maurice, un de ces nœuds coulans formant l'extrémité d'une longue et forte corde que les Bédouins savent très bien lancer à l'ennemi du haut de leur cheval qui court; et ce collier me serra si brutalement la gorge que je fus obligé tout à coup de lâcher mon mousquet pour porter les deux mains entre la chair et le nœud terrible.

Mais au moyen de cette corde attachée à l'arçon du cavalier je fus ré-
morqué sur-le-champ et au grand galop, à travers les pierres et les
broussailles du désert. En dix minutes, j'eus perdu de vue mes compagnons d'armes, et eux sans doute toute espérance de venir à mon aide ;
car les Arabes avaient déjà franchi un torrent et se dérobaient, en montant les coteaux, derrière des carroubiers, des orangers, des myrtes
qui parfumaient ce dur chemin de leur retraite.

— Lève-toi, chrétien, me dit mon vainqueur en se retournant et s'ar-
rêtant, dès que nous eûmes atteint le pied de la montée. Ne vois-tu pas
que tu fatigues ma cavale? Use les pieds de chien dont Mahomet t'a fait
la grâce.

— Est-ce que nous prétendrions l'emmener tout entier? dit à son compagnon l'autre sauvage qui me regardait avec des yeux sinistres, faute
de pouvoir oublier que je l'avais tenu quelques secondes au bout de ma
carabine. C'est bien assez de la tête avec ses ridicules cheveux. — Vous
savez, Adrienne, que la loi de Mahomet ordonne aux Arabes de raser leur
chef basané.

— L'émir les paie mieux s'ils peuvent parler encore, reprit mon cha-
ritable maître.

Je vous épargne, enfant, le récit de quelques fatigues. Qu'il vous suf-
fise d'apprendre que je dus faire ainsi, à la suite de mon bourreau, sept
ou huit lieues sans obtenir ni un moment de halte, ni un fruit sauvage,
ni un peu d'eau pour apaiser ma soif. Ce n'est pas que la caravane dont
je faisais partie n'eût rencontré, sur son chemin, plusieurs puits dont les
hommes et les chevaux s'approchèrent ; mais quand je voulais seulement,
dans le creux de mes mains, implorer quelques gouttes rafraîchissantes,
on jetait loin de moi, avec mépris, les restes du vase qui avait servi à
abreuver les troupeaux. Il me fallut, en traversant au pas de course un
ruisseau presque tari, me laisser tomber sur la face et traîner encore à
la corde pour avoir le temps d'humecter mes lèvres déjà fendues par le
soleil.

Vers le soir, nous nous rapprochâmes de la mer pour je ne sais quelle
communication à établir entre mon escorte et une tribu de Mezzaïa. Ce
fut une chance de salut inespéré. Les Arabes marchaient sans défiance
le long d'un rivage escarpé cherchant, je crois, une crique où un bateau
devait les attendre. Ils tombèrent, comme dans une embuscade, au milieu
d'une douzaine de marins français, descendus là sans autre projet que
de renouveler la provision d'eau d'une corvette mouillée à quelques en-
câblures de la côte. A cet aspect, mes Bédouins gravirent en toute hâte
le versant des collines. La chaloupe qui les aperçut leur envoya quelques
coups de canon et le cheik dont j'étais prisonnier ne pouvant ni me faire
monter en croupe, ni m'entraîner dans la rapidité d'une fuite devenue
urgente, coupa la corde qui me retenait à l'arçon de sa selle et m'envoya,
pour adieu, deux coups de pistolet. Une des balles me fracassa l'épaule
gauche.

— Oh! l'infâme! murmura tout bas Adrienne.

— Je parvins néanmoins, de la hauteur de mi-côte où j'étais déjà arrivé, à faire avec mon foulard quelques signaux de détresse à mes compa-
triotes. On vint à moi, et je fus recueilli ou plutôt emporté plus mort
que vif par les matelots de la *Vigilante*.

— C'est fort bien, me dit le capitaine du navire dès que j'arrivai à son
bord. Mon devoir et mon espérance, mon brave, sont de vous sauver la
vie ; mais que le diable soit de moi si je puis vous ramener en rade de
Bonne, d'abord! Nous tournons le dos à l'ouest. J'ai ordre et j'ai hâte de
me rendre à Beyrouth. Au reste, puisqu'il vous faudra faire, à ce qu'il
paraît une assez longue quarantaine en quelque hôpital, consolez-vous
d'être avec moi plus près du Caire que de Toulon.

La *Vigilante* me charria donc en effet dans les mers de Syrie. De là

on me fit passer au Caire sur un paquebot frété pour le service du con-
sul, et vous ne vous étonnerez plus que sur le récit de mes camarades
du *Pélerin*, j'aie passé pour mort, et même pour assez mal enterré sur
l'abominable rivage d'Alger.

— Ainsi, dit Adrienne, quand vous aviez le plus besoin de la France,
que l'air, les soins de la patrie vous étaient le plus essentiels...

— C'est en Egypte que j'allai mourir. Voilà les chances de la guerre!
J'ai passé là-bas huit mois sans autre espérance que celle de pressentir
tous les jours que mes maux n'auraient point de lendemain. On me re-
fusait de l'opium, on écartait de la main qui me restait toutes les armes.
J'eus le temps de comprendre que la pitié des hommes pour un mourant
est quelquefois un sentiment bien dur, bien égoïste, bien timidement fé-
roce; et de me demander aussi ce que rapportent à Dieu nos souffrances.
Car si je comprends l'utilité de la mort, je me suis souvent interrogé,
sans solution, sur le profit que rapportent au créateur les tortures qui
mènent ses créatures à finir. Enfin l'engourdissement succéda à mes fié-
vreuses angoisses. On avait alors heureusement désespéré de moi, et des
mains de l'art je pus passer dans celles de la nature. C'est un fort grand
chirurgien que la nature ! Elle fit, par la somnolence et le temps, la mystérieuse opération qui avait échoué devant les appareils. La vie se re-
créa à mon insu dans un corps devenu comme étranger à l'intelligence.
Cette existence nouvelle surgissait en moi à la faveur du sommeil. Les
rêves étaient ma seule vitalité. Les mêmes me visitaient assez souvent.
J'avais, durant les nuits, des lieux qui m'étaient devenus familiers et
chers, d'étranges et beaux paysages, des ruines grandioses, de claires
eaux, jusqu'à des amis que je retrouvais infailliblement. Ces images d'a-
doption, si elles hésitaient quelque temps à reparaître, ou si elles se modi-
fiaient dans ma mémoire nocturne, j'en étais averti et attristé. Je m'em-
dormais alors avec contention d'esprit, afin d'essayer de les ressaisir. Ils
ne s'effaçaient jamais assez complétement pour ne pas me laisser une mélancolie indéfinissable. Ces beaux lieux, je me surprends à les regretter
sans cesse : ce sont comme des patries que j'ai perdues. Lorsque dans la
vie éveillée il nous vient quelques consonnances de la vie des songes,
ne les démêlez-vous pas très bien aussi? N'avez-vous pas expérimenté ce
phénomène par lequel tel objet qui nous frappe pour la première fois
nous semble pourtant une réminiscence? C'est que nous l'avons déjà vu
en rêve. Je ne confonds plus, moi, ces deux natures d'impression, à
force d'avoir passé par cet état maladif et doux. Que de fois j'ai fermé
les paupières pour redevenir heureux, revoir Flavières, retrouver un
cœur fidèle et des sites que j'avais autrefois aimés.

Enfin il y a trois mois, revenu en France, et la France n'a guère com-
mencé pour moi qu'en Berry, au lieu de notre habitation commune, je
me suis demandé si le repos ne serait pas préférable à l'inquiétude de
ces instincts guerriers que le pouvoir repousse et si, dans ma position
nouvelle, mis à la retraite, et ne pouvant plus être utile ni aspirer à la
gloire, il ne serait pas plus sage d'être heureux.

Adrienne avait, dès le commencement de ce récit, remercié d'un sourire le jeune homme qui avait pris la parole. Elle avait trouvé ainsi,
pendant qu'elle suivait toutes les phases de cette aventure, le loisir de se
recueillir. C'était servir à la fois l'inquiétude de sa vive amitié et donner à l'émotion qu'elle n'avait pas su contenir le temps de se calmer.

— Vous n'étiez donc pas tout à fait oublieux, dit-elle, des souvenirs de
notre province, et indifférent aux personnes qui vous conservaient leur
affection ?

— J'aurai besoin, reprit vivement Maurice, de vous dire souvent combien j'ai pensé à vous, Adrienne. Tenez, quand j'endurais. par exemple,
une ardente soif sous le ciel de l'Afrique, dans un de ces hôpitaux cruels,
pareils à celui que le talent d'un grand peintre vous a fait connaître

sous le nom de Jaffa, je me suis rappelé cette fièvre de mes treize ans, pendant laquelle vos soins me furent si doux et si sauveurs. Vous braviez l'absurde prescription de notre médecin de campagne, M. Javet, qui n'admettait que des boissons tièdes, pour apporter en cachette au bord de mon lit quelques verres de cette eau si fraîche, dérobée à la fontaine Aubert, qui sent la menthe et le cresson. Vous le rappelez-vous ?

— Mon Dieu ! oui, dit Adrienne avec attendrissement ; et nous reprendrons le cours de ces souvenirs-là bientôt : mais...

— Mais pourquoi vous arrêter déjà, madame, au pied de cette maison neuve ?

— Nous voilà devant ma demeure.

— Eh bien ?

— Eh bien ! il faut nous séparer ici.

— Pourquoi ?

— Pourrais-je vous recevoir si tard ?

— J'avais tant de choses à vous dire !

— Et moi aussi, avoua Adrienne.

— Quand nous reverrons-nous, ma cousine ? Vous voulez bien que ce soit demain, n'est-ce pas ? Et à quelle heure ?

— Demain : mais pas chez moi, ajouta la veuve : chez une amie, et dans l'après-dîner. Je ne saurais ouvrir encore ma retraite ; mon deuil est bien récent. Il ne faudra blesser aucune des convenances, et puis... et puis une autre fois, je vous dirai encore une autre raison.

— Mais...

— Mais vous viendrez chez Mme de Mauny.

— Souvent ?

— Tous les jours, si vous le souhaitez. C'était ma meilleure amie de pension. Tenez, voici son adresse, acheva la jeune femme en déchirant une feuille d'un très petit souvenir en cuir de Russie que Maurice reconnut pour un meuble d'autrefois, à son fermoir de vermeil. C'était lui qui l'avait donné ; et il sut gré à sa cousine de cette fidélité toute puérile.

— Clotilde, comtesse de Mauny, m'est toute dévouée, acheva la jeune femme, et à cette confidente-là je ne cache... absolument rien.

Maurice se prit à penser aussitôt :

— Pourquoi ces précautions? S'agirait-il déjà d'un prétendu nouveau? craint-on que ma présence ne lui déplaise?

— Et quand pourrai-je me présenter? insista-t-il avec calme et discrétion.

— Mais, demain. N'est-ce pas vous qui l'avez demandé?

— Et quel nom réclamerai-je? ajouta plus lentement l'officier ; car je ne sais pas encore celui que vous avez accepté.

— Vous demanderez Adrienne : ce nom-là vous déplaît-il?

— Aucunement, répondit Maurice.

Et sur le regard dont Adrienne avait accompagné ce nom d'enfance, il aurait pu ajouter, s'il eût été homme du monde :

— Je voudrais que vous n'en eussiez jamais porté d'autre.

En s'éloignant, il sentait que sa cousine conservait sur lui l'autorité de cette grâce sérieuse qui avait fondé un premier empire et devait durer sans doute jusqu'à ce qu'il aimât sérieusement. La déférence qu'il sentait renaître en lui pour elle, cet empressement à se subordonner à ses volontés n'excluait pas toutefois la liberté de son jugement. Cette docilité respectueuse n'alla pas jusqu'à l'empêcher de la trouver charmante, bien qu'un peu froide et trop préoccupée.

Et comment, continua-t-il à réfléchir tout en marchant au hasard et avec lenteur, comment se pourrait-il qu'elle ne fût pas en effet recherchée ? Peut-elle se retrancher du monde, avec tant d'avantages ? elle serait ingrate devant Dieu. Elle doit, au contraire, se trouver l'objet de beaucoup d'hommages !

Alors, il se perdit, tout en rêvant, dans ce quartier nouveau pour lui, prit une rue pour l'autre, revint sur ses pas , et, au bout d'une demi-heure, il se retrouva, sans s'en apercevoir, près de la maison même dont il se croyait éloigné. Il ne pouvait guère s'orienter dans cette contrée civilisée d'hier, nouvelle Athènes si fabuleusement bâtie, embellie et peuplée. Il n'était pas besoin, du reste, pour s'y perdre d'avoir quitté deux ans l'Europe. Afin d'essayer à saisir, à l'horizon encore clair, quelque point de ralliement éloigné, soit le télégraphe de Montmartre, soit le profil du clocher de Notre-Dame-de-Lorette, il eut l'idée de gravir l'un de ces terrains qu'on tarde souvent à déblayer et à unir autour des récentes constructions, espèces de falaises qui se dressent long-temps, dans les quartiers neufs, près des hôtels déjà terminés. De là, il reconnut à ses pieds l'hôtel même dont on lui interdisait l'entrée. A cette hauteur, il pouvait plonger dans l'appartement de sa cousine et l'apercevoir elle-même. Il fallait qu'elle fût dans une sécurité bien parfaite sur l'absence de tout voisin en face, ou livrée à une distraction assez vive, car une de ses persiennes n'était pas tout à fait fermée, et l'on avait négligé de repousser un coin du rideau de soie. Maurice put suivre assez distinctement Adrienne dans une bibliothèque attenant au salon. Là, elle s'agenouilla devant un christ en ivoire, et, restée long-temps immobile et recueillie, elle sembla remercier Dieu avec reconnaissance et ferveur. Cet aspect fit du bien à Maurice, malgré ses préjugés anti-religieux ; et lorsque la lampe passa de cet oratoire improvisé dans une pièce reculée, dont la porte fut fermée aussitôt, il pensa à regagner lui-même son gîte, emportant une grande sérénité d'âme.

Il allait sans doute chercher à s'en expliquer la cause, quand il fut tiré de son abstraction par un homme qui vint à passer et s'arrêta à son tour devant la demeure d'Adrienne. Celui-là avait porté tout d'abord les yeux à la hauteur précise des fenêtres devenues noires. Au bout d'un moment, un second personnage tenu à l'écart par discrétion ou mesure de prudence, sortit d'un angle voisin, et s'approchant du premier observateur :

— Vous remarquez qu'elle n'est pas là, dit-il : point de lumière derrière la soie bleue de ses rideaux ; et vous la supposez errante dans le monde, occupée d'un autre, d'un rival peut-être : c'est affreux, n'est-ce pas ?

— Eh ! oui, lui fut-il répondu, avec un accent profondément amer ; mais on ne prête guère de torts gratuits à ces dames. Pour cette héroïne-là comme pour les autres, je ne suppose rien ; et je la tiens d'avance, en toute persuasion, pour ingrate et infidèle. Savez-vous ce qu'il y a d'affreux, comme vous le dites très bien, mon cher ?

— Quoi donc ?...

— C'est que cela m'est parfaitement égal.

— Comment ?

— Hélas ! oui. Je me sens vieux : j'ai perdu la faculté de souffrir et par conséquent d'être heureux.

— Et a-t-elle jamais dû croire à toute la sincérité de votre amour ?

— Pourquoi pas ? J'y croyais bien moi-même !

— Et maintenant allez-vous l'abandonner ?

— Oh ! elle est trop riche pour cela.

III.

Maurice n'avait pu faire grande attention à ces paroles de l'inconnu, par la raison simple qu'il les avait à peine comprises. Puis il avait vu les deux hommes s'éloigner : il fit comme eux. Leur tournure, d'ailleurs, leurs élégans habits, et jusqu'à l'obscure indiscrétion de leur langage écartaient du moins toute suspicion contre leur probité. Peut-être était-ce des hommes dangereux, corrompus, pires que tous autres, mais ce n'étaient pas des voleurs !

Arrivé chez lui, M. Herblay pensa de nouveau à la personne qui avait excité autrefois le premier mouvement de ses facultés affectueuses. Cette disposition remuait son cœur. Il avait besoin d'un but d'existence, il souhaitait, sans le savoir, qu'il se levât dans sa vie une étoile pour l'orienter. Surtout il ambitionnait de devenir le protecteur de sa cousine, sans soupçonner que cet appui-là lui fût à elle-même nécessaire. Adrienne, en effet, était en butte aux vagues malveillances de la femme qu'elle appelait son amie. La supériorité naturelle de la veuve excitait autour d'elle plus d'un sentiment qui, sous les dehors de l'affection et des hommages, la poursuivaient d'une obsession égoïste et cupide.

Maurice annoncé dès le lendemain à Mme de Mauny, sous le nom de comte de Flavières, lieutenant de frégate, fut reçu de la maîtresse de la maison, prévenue par Adrienne, avec un empressement assez gracieux, mais composé. A cette seconde apparition du blessé, si sa cousine sembla moins émue, elle ne fut pas moins intimidée qu'à la première. Clotilde lui envoya, comme pour la raffermir, un de ces indéfinissables sourires de femme par lesquels elles se promettent leur assistance mutuelle. Mais ce sourire ne lui fut rendu par Adrienne qu'avec un peu plus d'hésitation encore dans le maintien.

Mme de Mauny parla avec intérêt au jeune voyageur de ses excursions et de ses souffrances. Elle descendit avec lui le perron d'un jardin, ouvert de plain-pied en face du salon, et l'entraîna, tout en causant, à quelque distance du reste de la compagnie.

— Monsieur Herblay, lui dit-elle d'un ton de voix assez bas, au moment où elle fut prête à le ramener vers son mari, banquier fort estimé à la cour, et une ou deux personnes qui composaient leur société : Monsieur Herblay, je serai charmée de vous recevoir aussi fréquemment qu'il vous plaira de nous visiter. Vous n'avez pas pris chez moi votre nom de famille, à l'imitation sans doute de votre cousine qui se fait donner son nom de baptême : c'est là apparemment une prédilection, une bizarrerie que vous avez en commun. Savez-vous que vous me dédiez ainsi l'un et l'autre un témoignage de confiance dont je sens tout le prix ? Il est inutile d'avoir d'autre nom devant mon mari que celui de comte de Flavières. Il aime les dénominations féodales, comme j'ai moi-même, ajouta-t-elle en souriant avec un peu d'ironie, un faible pour les personnages romanesques. On vous saura ici bon gré de votre titre. Adrienne vous dira, monsieur, combien d'avance je lui étais dévouée ; et j'ajoute que je prends vivement sa défense devant les gens du monde qui la trouvent un peu inconséquente et singulière.

La maîtresse de la maison s'éloigna en faisant briller les plus beaux yeux du monde, et pour continuer une promenade encore en tête-à-tête, pendant que déjà les bougies s'allumaient au salon, elle alla s'emparer du bras d'un M. Jouvellier, dont la première vue avait éveillé dans le naturel franc du marin je ne sais quelle antipathie instinctive.

Maurice, devint un visiteur assidu de l'hôtel de Mauny. Il y trouvait un accueil qui ne lui fit point regretter d'autre asile pour rencontrer sa cousine. Il se conforma à l'étiquette bizarre qui lui interdisait sa demeure, et Mme de Mauny devenait chaque jour pour lui plus coquettement indulgente. Il trouvait les deux amies fort agréables, sans ressentir pour l'une ou pour l'autre aucun de ces entraînemens qui font les subites et vulgaires amours. Adrienne, il est vrai, n'était pas douée de ces qualités convenues qui font les admirations spontanées. Son charme était intellectuel ; aussi était-elle inaperçue dans le monde comme tout ce qui est supérieur. Les avantages qui séduisent au premier coup d'œil, ces attraits qui s'insinuent brusquement, par les yeux, dans les imaginations bourgeoises, laissent-ils les plus durables souvenirs? Quand le temps n'a pas cimenté une prédilection, il s'en venge. On peut dire à peu près de l'amour ce qui a été reconnu vrai à propos des arts : « Le temps n'adopte point ce qui s'est fait sans lui. » La disposition de Maurice envers Adrienne était l'écho d'un souvenir tendre, une séduction ajoutée à des amitiés auciennes, l'anneau d'une chaîne qui n'avait jamais été brisée et qui se fortifiait sous les auspices de la convenance, avec calme, et pour plus de durée. C'était surtout, nous le répétons, l'espérance d'avoir une protection à exercer près d'une femme demeurée seule qui la lui rendait intéressante. Il l'aimait pour le bien qu'il espérait lui faire.

Je vois clairement, se dit-il au bout de quelques semaines, qu'il y a ici un complot. M. Jouvellier prétend épouser ma cousine, et Mme de Mauny le seconde dans des projets inspirés par l'appât d'une fortune plutôt que par toute autre entraînement. Mais je déjouerai leurs menées. Qu'est-ce que c'est que ce M. Jouvellier? J'ai dû m'en informer, et j'ai appris qu'il était un de ces avocats du pouvoir qui font de leur plume un métier : l'un de ces dandies vivant de feuilles subventionnées, un critique , coupe-jarret des sentiers de la renommée, essayant d'arracher tous les lauriers dont ils ne porteront jamais une branche, jugeur plein de rigidité hargneuse contre le talent, et indulgent à propos de politique et de morale, surtout si l'improbité en ces deux matières n'est que pratiquée, non écrite. C'est un de ces sophistes faisant la guerre aux théories, et laissant en paix les vices et les mauvais exemples. J'empêcherai bien la réussite de sa spéculation. Certes, si je ne sais pourvoir Adrienne d'un époux qui soit à sa convenance , je lui dois au moins de la sauver d'une telle embûche. Elle pourrait être égarée par sa condescendance pour les conseils de Mme de Mauny. Je hais ce M. Jouvellier!

Le visage d'Adrienne avait peut-être perdu quelque chose de sa printannière fraîcheur , mais sa taille s'était enrichie ; et des cheveux blonds et fins, séparés sur un front pâle, relevaient la majesté d'un deuil qui séyait très bien à la jeune femme. Maurice le trouvait ainsi, malgré les idées fâcheuses que ce vêtement lui inspirait quelquefois, car un cœur d'homme est si bizarre ! Enfin sa cousine lui paraissait embellie, et il en était encore moins charmé que reconnaissant. En effet, qu'une personne qui marche concurremment avec vous dans la vie garde les dehors de la jeunesse, il semble qu'elle vous fasse participer aux mêmes avantages; et si elle veillit, c'est votre âge personnel qu'elle accuse.

Mme de Mauny arrivait à peine à vingt ans, Adrienne en avait vingt-huit et Maurice n'en allait compter que vingt-quatre. La pétulance qui convenait à la tournure dégagée du lieutenant de frégate contrastait avec la lenteur et un peu de mollesse qui s'attachaient à la démarche de celle qu'il se plaisait tout bas, dans son caprice , à appeler encore mademoiselle de Parçay.

— Elle ne se remariera point , se disait-il. Je le lui ai entendu dire un jour à elle-même devant ce M. Jouvellier qui lui faisait apparemment déjà une question indiscrète. Moi, je resterai garçon toute ma vie , et voilà les bases d'une amitié inviolable.

Adrienne était pourvue du premier charme de son sexe : elle avait la grâce d'être femme. Elle possédait cet attrait invincible pour tout être généreusement prédestiné à l'amour. L'expression de sa figure était si calme et si habituellement bienveillante, qu'on était surpris et charmé à la fois d'y démêler passagèrement l'éclair d'une spirituelle malice. Elle était frêle et forte : frêle par un corps flexible comme l'épi ; forte par l'élan de l'âme. Aux yeux de Maurice, pour qui tous les modèles de grâce étaient puisés aux sources agrestes, empruntés aux images des bois, elle participait d'une fleur et d'un oiseau : blonde comme la tourterelle, rose et blanche comme la mauve des fontaines. Les mouvemens de sa vigueur féminine étaient spontanés ; son énergie éclatait dès qu'il s'agissait de secourir ou d'obliger ; mais elle retombait bien vite dans une sorte de langueur maladive, abattement qui n'était pas sans grâce, parce qu'il était la conséquence d'une délicate nature. Sa mère, qui l'avait toujours vue ainsi, avait coutume de dire qu'elle était venue au monde fatiguée.

Son père, elle l'avait perdu avant de naître ; et cette mère, orgueilleusement belle, à qui la présence de son enfant ôtait un peu de sa jeunesse, la souffrait impatiemment à ses côtés. Cependant l'enfant avait remarqué que lorsqu'il lui survenait un accident, qu'elle se faisait quelque blessure, on l'accueillait avec un empressement plus amical ; et plus d'une fois elle s'était frappé au front, ensanglanté la main, pour obtenir une plainte, une caresse, tant elle avait de bonheur à se sentir aimée.

Jouvellier s'occupait beaucoup, en apparence, de Mme de Mauny, mais comme un homme désœuvré qui épie une plus profitable conquête. Il était bien vrai qu'il avait tourné toutes ses spéculations vers la fortune, et il voulait, le pédant, appliquer au mariage l'épigraphe : *Utile dulci*. Encore se serait-il passé du second des avantages en faveur du premier ; car il avait été, sous la restauration, un des plus assidus prétendans à la dot d'un million que faisait offrir à son époux la jeune fille de la rue Plumet : la jeune fille à la tête de mort. Vous en souvient-il ?

Les deux cousins passaient beaucoup de temps ensemble, bien qu'ils ne dussent se rencontrer que dans les après-midi chez le banquier. Mais chaque soir on parlait de l'emploi du temps pour le lendemain : on distribuait la journée prochaine et il était rare qu'un même instinct de curiosité à satisfaire, un même tribut à payer à la mode, un même besoin de visiter quelque monument des arts, ne les amenât pas à se rencontrer dans mille directions de cette grande et si petite ville qu'on appelle encore PARIS en 1844. Ces habitudes semblaient si simples à Maurice, qu'il en percevait le bien-être comme l'air qu'on respire, sans avoir le sentiment de son profit tant qu'il reste bienfaisant et pur. Le bien-être est un ruisseau qu'on ne voit pas couler, un jour qui n'a pas de soir prévu. Si on le sent trop et si sa jouissance étonne, ce n'est déjà plus le bonheur, c'est l'ivresse. Son excès avertit qu'il va finir, et la crainte de le perdre est déjà une atteinte à sa possession. Tâchez d'être heureux à votre insu. La puissance de Dieu est infinie sans se révéler. Avoir besoin de se souvenir et de reprendre les traces du passé pour juger la félicité acquise, c'est un hommage rendu à la jouissance, comme le blasphème de l'athée en est une autre pour le créateur dédaignant de montrer sa force.

Adrienne n'était point ignorante de son cœur. Depuis l'enfance, elle était dans le secret de sa prédilection pour Maurice, qu'elle avait protégé, soigné, aimé à différens titres. Et, contraste remarquable entre les progressions ordinaires du sentiment qui fait qu'on se dévoue ! ses attachemens avaient perdu de leur gravité solennelle à mesure que l'âge amenait en elle ses développemens. Ainsi, enfant, c'était la tendresse d'une mère qu'elle avait éprouvée pour son frêle cousin : jeune fille, elle l'avait chéri comme un frère ; et femme, c'était peut-être vers le plus vif des instincts qui s'éveillent dans une âme ardente qu'elle avait senti progresser l'entraînement qui la portait vers lui.

Un jour, il avait été dit qu'on se retrouverait le lendemain au Louvre pour visiter une exposition des peintures de l'année. Maurice se rendit au salon de bonne heure et ne fut pas fâché, d'abord, de s'y trouver à peu près seul à huit heures du matin. Il examina tout avec cette bienveillance que donne un jour vif, une disposition d'artiste et l'espérance d'une prochaine et gracieuse rencontre. Il s'enivra de tout, depuis les rêveuses productions de Scheffer jusqu'à la verve de Biard, depuis le recueillement des longues galeries qui forment comme un temple au dieu de la peinture, jusqu'aux capiteuses senteurs du vernis nouveau qui montent au cerveau des imaginations nerveuses. Il s'absorba tellement dans la contemplation d'un paysage de Calame qui ressemblait à un des sites qu'il avait coutume de trouver dans ses songes, qu'il aurait désiré un moment rester solitaire encore pour se bien approprier cette région reconquise. Mais Adrienne devait venir, c'était une diversion gracieuse, un charmant accessoire au plaisir des facultés de connaisseur dont il devait épancher en elle les impressions. Il erra donc dans une nonchalante insouciance en attendant que tel châle noir connu, tel chapeau d'une forme pleine de grâce vinssent frapper ses yeux, qu'il se promettait bien de maîtriser dans l'expression de leur contentement. Adrienne ne parut point. L'heure s'écoula, les préposés à livrée royale se rapprochèrent bientôt des portes pour annoncer aux désœuvrés que la séance tirait à sa fin, et Maurice, qui croyait si complète sa matinée, sentit son cœur se serrer. Un jour terne descendit des vitraux, les cadres d'or éteignirent leurs reflets, les peintures s'enveloppèrent d'un voile grisâtre, et lorsqu'il se retrouva éconduit sur la place du Musée avec deux mille spectateurs qui cherchaient des cannes, des parapluies ou des carrosses, il s'étonna de se sentir isolé.

Ainsi va le cœur. Avons-nous les conditions du bien? il semble que cet état nous soit dû. Nous vivons sans reconnaissance et sans actions de grâce au milieu de ces chances exceptionnelles. Nous sommes sans conscience de tout ce qui faisait notre félicité, et si cette félicité s'écroule, nous nous émerveillons d'en être frappés.

Adrienne ne parut pas non plus le soir chez Mme de Mauny. Pourquoi? On trouva Maurice bien rêveur! On lui dit mystérieusement que sa cousine pouvait être indisposée. Il se troubla, se rendit au domicile de la veuve et n'y fut point reçu. Il ne trouva même à qui parler si ce n'est à la négresse qu'il avait déjà rencontrée une fois, à sa première apparition.

Adrienne n'avait point perdu la santé; mais elle s'apercevait de l'ascendant que Maurice prenait sur elle, et elle avait résolu, pour le combattre, de s'éloigner pendant quelque temps.

Plus d'une fois aussi elle avait déjà témoigné à sa confidente une profonde terreur sur le passé.

— Ma chère, où en suis-je? et comment cela finira-t-il? avait-elle dit.

Adrienne était dévote. On approchait de la semaine sainte, et depuis qu'à peine âgée de onze ans, elle avait fait sa première communion, jamais elle n'avait laissé s'écouler une année sans renouveler, avec une foi fervente, un acte d'amour qui jette dans les cœurs croyans d'incompréhensibles douceurs. Sa piété était simple, tendre, un peu contemplative. Dans sa nature de femme, elle avait ôté quelque chose à l'écrasante grandeur de Dieu pour le mieux comprendre et l'aimer. Elle s'était accoutumée à méditer les souffrances, les vertus humaines du Sauveur; elle adorait en lui l'abnégation et l'amour dans ce qu'ils ont de plus dévoué. Enfant, elle avait habité quelque temps, nous l'avons dit, près de Mme de Veyrac, une ancienne amie de sa mère. Cette religieuse, voyant dans l'orpheline une excessive tendresse de cœur, en avait peut-être abusé. Ainsi, quand la petite fille était désobéissante, colère, ou peu attentive à ses prières, la sœur Sainte-Eulalie lui présentait un crucifix en lui disant que son péché renouvelait les douleurs de Jésus. Alors, l'enfant se tordait les mains, demandait grâce, et deux fois, à la suite de semblables scènes, on l'avait vue évanouie. Enlevée à cette tutelle, Adrienne était allée vivre près du vieux soldat, comte de Flavières.

Celui-là, épris de ce qu'il appelait l'inattaquable philosophie de l'Evangile, aimait aussi à voir à sa nièce cette piété d'instinct. Souvent il la faisait prier à ses côtés, et il disait :

— Pourquoi, mon Dieu, n'entendriez-vous pas ces accens purs ? Comment oser borner votre providence, et croire que rien soit petit à vos yeux ? Devant votre immensité, un monde n'est-il pas aussi imperceptible qu'un ciron, le bruit de la foudre ou de l'avalanche aussi faible que la prière d'un enfant ?

Chez la jeune femme la religion était restée toujours un sentiment, non un système. Malgré la pureté de l'affection qui remplissait son cœur, elle se la reprochait parce qu'elle l'absorbait et lui faisait oublier de prier. Elle pensait : Un sentiment qui bannit Dieu des jours entiers de ma mémoire peut-il être innocent? Et puis, Seigneur, vous qui vous appelez LA VÉRITÉ MÊME, un mensonge de quelque nature qu'il puisse être n'est-il pas un mal à vos yeux ? En proie à ces scrupules, Adrienne s'était résolue à un sacrifice. En des circonstances ordinaires, elle eût simplement suivi les offices de la paroisse et pris part au banquet eucharistique ; mais, après avoir caché quelque chose , elle pensa devoir accomplir une plus haute solennité. A l'instant de mettre son projet à exécution, elle se dit : Huit jours sans le voir ! Et , en prononçant lentement ces mots, elle sentait se gonfler sa poitrine. Puis bientôt ses réflexions prirent un autre cours. Si je ne mets aucun mystère dans ma conduite , s'il me cherche à l'église et me trouve agenouillée dans un confessionnal, que dira-t-il ? Ne l'ai-je pas entendu blâmer nos saintes pratiques et celle-là surtout: la confession ! Si son amitié, peut-être jalouse, ne voyait qu'un homme, un homme faible et imparfait comme nous dans le religieux qui recevra l'aveu de mes fautes ! Cette vue peut l'irriter peut-être... dérobons à ses regards l'accomplissement d'une telle action. Si je surprenais sur votre bouche un sourire railleur, sur votre front le moindre signe de mécontement, Maurice, j'aurais trop à souffrir.

Le lendemain, la présence d'Adrienne manquait encore dans la société où elle avait coutume de paraître. Il s'écoula trois jours sans qu'on apprît ce qu'elle était devenue. Le maintien de toutes les personnes qui s'étaient accoutumées à la voir ne variait que dans le caractère différent des inquiétudes : Clotilde paraissait choquée d'un manque de confiance, car sa discrétion était éprouvée ; Maurice était abattu ; et le seul M. Jouvellier semblait triompher dans les jouissances d'une fatuité toute personnelle.

— Eh bien ! dit-il, le troisième soir, au milieu du salon de Mme de Mauny, s'adressant à cette dame elle-même, avez-vous de récentes nouvelles de votre meilleure amie?

Maurice releva la tête.

— J'ignore encore où elle est allée, dit Clotilde avec une expression de curiosité attentive.

— Tout le monde n'en est pas là, reprit avec affectation le journaliste.

Les yeux de l'assemblée se tournèrent vers Maurice.

— Et qui donc a ce privilége? demanda l'officier avec l'expression de la menace.

— Peut-être moi, dit l'homme officiel.

Le regard de M. Herblay, moitié colère, moitié doute mêlé d'ironie, s'arrêta sur celui du présomptueux avec cette expression positive : Vous mentez !

— J'offre de parier que je suis instruit, riposta le plumitif, et si je ne pouvais pas exposer aujourd'hui même la vérité tout entière, par la raison que peut-être on l'aurait confiée à ma discrétion, je prouverai, un jour qui n'est pas loin, si j'étais correctement renseigné.

L'ardente curiosité combattant la colère et la colère ne laissant pas la faculté de poser convenablement une question, Maurice resta muet et le regard fixe devant son adversaire.

— Tenez, mon cher amiral, poursuivit Jouvellier avec certain air de protection, je veux bien calmer des sollicitudes très dignes d'intérêt : avez-vous quelquefois joué à ce jeu que les enfans appellent *cache-cache ?* je veux dire plutôt à retrouver un objet dissimulé avec soin ? Les mouvemens accélérés d'une clochette ou les sons devenus plus vifs d'un piano indiquent alors au patient le moment où il approche du trésor perdu. Eh bien ! si je vous rencontre un de ces jours entre l'Abbaye-aux-Bois et le boulevard de Invalides, dans une grande rue près d'une maison grise qui est à gauche, du moins pour qui viendrait de l'Ecole militaire, je ne manquerai pas de vous crier : Vous brûlez fort !

Et il s'esquiva sur-le-champ.

Adrienne, le jeudi précédent, avait traversé Paris à pied. Sa démarche était lente, son air distrait. On voyait à travers la dentelle noire de son voile que ses yeux avaient pleuré. Mal avertie en marchant de la distance des voitures par leur roulement, plusieurs fois elle avait couru quelque danger ; enfin à un angle du carrefour de la Croix-Rouge, la roue d'un tilbury avait effleuré sa robe. Le maître de cet équipage n'avait pu, malgré ses efforts, retenir son cheval lancé à fond de train, mais en voyant une jeune femme tout émue encore, il s'était élancé de la voiture.

— C'est vous, dit-il, madame ! lorsqu'elle se retourna.

Et Adrienne avait reconnu Jouvellier.

— Je frémis en songeant au malheur que j'ai failli causer. Mais vous êtes seule, madame, et bien loin de votre quartier ; veuillez permettre qu'on vous accompagne.

— Je suis près du lieu où je me rends, avait répondu Adrienne, et je préfère y arriver seule. Mille grâces.

Jouvellier avait insisté en vain ; et Adrienne, assurant qu'elle était remise, avait poursuivi son chemin. Curieux et irrité, l'homme soi-disant littéraire avait fait signe à son domestique resté dans la voiture de l'attendre, et avait suivi pas à pas la veuve qui ne s'en aperçut point. Elle lui semblait marcher d'une manière à peu près mystérieuse ; elle avait suivi plusieurs rues désertes de ce quartier aristocratique, était entrée dans la rue de Sèvres et s'était arrêtée devant un bâtiment aux murs épais, à la structure noble, à l'aspect paisible. Là, Jouvellier la voyant saisir la chaîne d'une sonnette, était entré lui-même chez un marchand de fer dont les magasins faisaient face à cette maison, et avait attaché fixement ses regards sur l'entrée. La voyageuse traversa un vestibule, puis une cour carrée et alla frapper à une petite porte noire qui s'ouvrit, reçut Adrienne et se referma aussitôt.

Jouvellier avait trouvé à cette introduction furtive un air étrange qui l'intrigua, soit prévention de sa part, soit qu'en effet la veuve portât ce jour-là dans toutes ses démarches un air préoccupé et discret qui appelait l'idée d'un rendez-vous. Jouvellier avait rôdé quelque temps autour de cette habitation. Il pensa qu'après une heure, Adrienne allait reparaître. Il attendit donc, ne doutant pas que la jeune femme ne se laissât reconduire au retour, lorsque passa à côté de lui une domestique qu'il connaissait bien : c'était une femme de chambre portant un assez vaste carton. Il vit là, de la part de la maîtresse, les signes d'un établissement pour plusieurs jours. Alors, il s'était retiré, devinant qu'une plus longue faction ne lui apprendrait rien de plus, mais il estimait n'avoir pas perdu son temps, puisqu'il pourrait tirer parti de tous ces hasards.

IV.

Le lendemain du jour où, seion Maurice , un homme , effronté men-
teur, ou confident indiscret, avait parlé chez Mme de Mauny du quartier
où s'était mystérieusement retirée Adrienne, l'officier franchit, dès sept
heures du matin, les boulevards extérieurs, et reconnut ou crut reconnaître la maison que son antagoniste avait désignée. Toutefois, il sentit
sa fièvre se calmer au seul aspect de cette habitation. Il était impossible,
à la croix placée au-dessus de la principale entrée, de ne pas dis-
tinguer une maison religieuse. Jouvellier s'était bien gardé de mention-
ner cette circonstance. Cependant le trouble involontaire de Maurice ne
fut pas dissipé. Qu'Adrienne fût dans un couvent ou ailleurs, pourquoi
ce mystère? Pourquoi faire un secret, à lui, à un ami d'enfance, de ce
qui n'en était point un pour M. Jouvellier ! Ces réflexions ranimèrent
toute son amertume ; il tira violemment la sonnette de la large porte qui
s'ébranla et s'entr'ouvrit. Du fond d'une cour terminée en cloître et à
l'extrémité duquel était un petit appartement voûté destiné à la sœur
chargée du service de la porte, il vit s'avancer une jeune personne qui,
bien qu'elle n'eût que le rang de sœur converse et ne fût pas de la condition de la plupart des religieuses, était remarquable par la distinction
de ses manières.
— Madame, peut-on voir, dit Maurice....
Et il s'arrêta.
— Si c'est une de nos élèves, monsieur, vous devez, à moins que ce
ne soit votre sœur, être pourvu d'une autorisation spéciale de ses père
et mère.
— Madame, balbutia Maurice, ce n'est que l'église... ses tableaux... que
je désirerais voir.
— L'église n'est point publique. Lorsqu'il y a , monsieur, comme aujourd'hui , parloir avant la messe ou quelque cérémonie intéressante, un
petit nombre d'étrangers est admis, mais sur la présentation de lettres
d'invitation. Voulez-vous me montrer la vôtre ?
— Mais vous avez ici des dames du monde, interrompit Maurice ; est-
il impossible à leur proche parent de les voir ?
— Impossible aujourd'hui.
L'officier ne pouvait se résoudre à repasser le seuil sans être informé
s'il ne s'élevait pas un mur d'airain entre Adrienne et lui; il resta quelque temps immobile.
Plusieurs équipages arrivèrent. Il en sortait des mères ou des tantes
dans la tenue la plus aristocratique. Toutes étaient chargées pour les
enfans de petits présens noués de rubans de toutes les couleurs. Celle-ci
portait des friandises, celle-là des soies et des perles destinées à se trans-
former en charmans ouvrages sous les petits doigts de fée ; l'autre de
menus objets de toilette bien peu en harmonie avec l'apparente simplicité qui entoure les pensionnaires et la grave austérité de leur robe noire,
leur chapeau de paille que rattache un ruban de velours de la même et
sombre couleur. Toutes ces jeunes filles, rjeuses et folâtres sous leurs habits de deuil , semblaient une volée d'hirondelles. Maurice , malgré son
désappointement, ne put s'empêcher de remarquer quelle vanité brillait
dans le regard des élèves qui voyaient descendre leur famille d'un landau
armorié et que telle pensionnaire baissait les yeux devant l'humble cita-
dine qui avait amené sa mère. Enfin l'officier fut prié poliment de vouloir bien se retirer.

— Voyez-vous, ma sœur, dit-il, venir ces deux vénérables dames : Si je passe à leur suite, c'est que je suis évidemment de leur compagnie pour tout le monde. Eh bien ! je vous prie de n'en rien croire, afin que je ne doive qu'à votre seule bonne grâce et aux plus beaux yeux qu'on puisse admirer la faveur que je sollicite.

La sœur converse rougit et l'officier passa.

L'église, qui n'a rien de monumental, est un lieu profondément recueilli. Une assemblée brillante la remplissait, et les parures de quelques femmes de la cour contrastaient, ce jour-là, avec le calme austère de ce temple. Maurice chercha des yeux celle que tous ses vœux appelaient, mais il lui fut facile de s'assurer du premier coup d'œil qu'elle n'était point là. Si elle était venue dans ce couvent, elle n'y était plus. Il voulut alors se retirer ; puis craignant de causer quelque scandale par une retraite qui aurait dérangé les rangs si pressés des fidèles, il demeura ; et ses regards, après avoir encore une fois parcouru les lignes de chaises, s'arrêtèrent sur une grille de bois sombre, derrière laquelle tombait un grand rideau de serge noire, dérobant à la vue à peu près un quart de l'église.

On célébrait la plus solennelle des fêtes catholiques : le jour du Christ ressuscité, le plus grand des miracles proposés à la foi des chrétiens, ce passage de la mort à la vie dont la Pâques des hébreux était la prophétie et le symbole. Les insignes du deuil, les voiles qui couvraient, la veille encore, les images des saints attristés, les crêpes dont s'entourait la croix avaient disparu. Les fleurs et les tissus de lin reposaient doucement la vue, et un vif rayon de soleil faisait resplendir aux yeux de Maurice l'ostensoir étincelant de pierreries.

Ce spectacle nouveau pour le jeune homme le frappa un moment ; mais les appréhensions dont son esprit était rempli et la déception dont il se voyait dupé revinrent bientôt l'absorber. Dans toute l'église il n'était occupé que de ce voile de serge dont sa main convulsive aurait voulu écarter les plis. Enfin les prêtres revêtus d'ornemens blancs et or arrivèrent processionnellement : un orgue aux sons faibles et doux remplit l'étroite enceinte de suaves harmonies. Un prélat d'un grand âge bénit les assistans, l'office divin commença et il fut célébré selon les rites accoutumés aux jours de fêtes, jusqu'au moment de la consécration.

En cet instant, le rideau fut tiré. La grille épaisse s'entr'ouvrit et Maurice vit l'intérieur de cette retraite jusqu'alors interdit à ses regards. D'abord une file de jeunes personnes, vêtues de blanc, portant des voiles traînans, s'avança avec lenteur et passant du chœur dans l'église s'agenouilla sur les dernières marches de l'autel, formant ainsi autour du sanctuaire une blanche et fraîche guirlande. C'étaient les premières communiantes, heureux et candides enfans qui marquaient leur entrée dans la vie par leur union avec Dieu. Elles furent suivies par les novices et les religieuses ; puis Maurice, avec une indécible émotion, vit le voile s'agiter encore et la grille donner passage à trois dames en habits séculiers. L'une d'elles marchait plus lentement que les autres ; sa taille était svelte et sa tête penchée. Sous la moire de son mantelet, sous les tissus soyeux qui la couvraient, on distinguait la grâce exquise de ses mouvemens ; elle n'avait point encore relevé son front, écarté les plis de son voile, que Maurice avait reconnu Adrienne.

Il suivit des yeux tous ses pas jusqu'au pied de l'autel où elle vint se prosterner. Maurice, par un mouvement instinctif, s'était avancé, glissant doucement entre les prie-dieu de velours ; il touchait presque sa cousine. Il ne voyait pas son visage ; mais son attitude était celle qu'on donne aux chérubins en adoration aux pieds de la divine majesté. Le frôlement de ses vêtemens de soie annonçait un léger tremblement au moment solennel où, croisant sur sa poitrine ses blanches mains, elle reçut de celles du prêtre le pain qui nourrit les anges. Alors sa tête tomba

dans ses mains ; elle sembla avoir changé de nature et ne plus rien retenir de la faible humanité, tant son recueillement était profond. Maurice
la contempla avec une admiration douloureuse. Adrienne, se disait-il, que
les pensées qui vous occupent en cet instant semblent divines ! On dirait
qu'une grâce mystérieuse inonde votre cœur. Que votre prière paraît fervente ! Quel en est l'objet ? que demande-t-elle, avec tant d'ardeur, à
Dieu ? pourquoi ses yeux sont-ils pleins de larmes ? Oh ! que ne puis-je
croire ce qu'elle croit ! pourquoi me manque-t-il une sympathie avec ce
cœur d'élite ? Qu'ai-je fait pour n'avoir pas la foi qui la transporte ?

Qui a jamais pu voir s'agenouiller sur le simple gazon, au pied d'une
croix rustique, une pauvre femme espérant, avec un psaume dont elle ne
sait pas même le sens, attirer l'attention du Sauveur sans envier sa su-
perstition ? Je respecte, ajoutait mentalement l'officier, toutes les formes
d'hommages à Dieu. Toute religion me semble vénérable comme un effort de l'âme humaine pour se mettre en rapport avec son Créateur.
Pourquoi, sur le reste, m'est-il interdit de penser que le maître de ma
raison m'a imposé le sacrifice de cette faculté avant de comprendre certains mystères ? comment, par exemple, il a sacrifié son fils unique à
l'exclusif profit de ce petit fragment des milliards de planètes ? ce qu'en-
seignent enfin des hommes noirs au profit de leur ambition et de leurs
fortunes ; prêtres, représentans et vicaires d'un Dieu né dans une étable
et qui toute la vie intriguent en carrosse pour couvrir orgueilleusement
leurs vieilles têtes de la triple couronne des rois ? Je ne suis que religieux,
hélas ! je ne suis pas religionnaire.

Mais Adrienne, que vois-je ? sur vos traits radieux passe tout à coup
comme un rapide nuage de crainte et de mélancolie. Pourquoi ?

En cet instant la jeune femme relevait sa tête jusqu'alors penchée, et
ses yeux humides rencontraient ceux de son ami. D'abord un mouvement
involontaire trahit sa surprise, mais un second regard plein de tendresse
et de sollicitude qu'elle attacha sur Maurice était une réponse aux questions mentales de celui-ci. Mystérieuse intelligence de deux êtres qui ne
se parlaient pas ! Ce regard disait : Oh ! pourquoi n'es-tu point près de cet
autel priant pour Adrienne comme elle prie pour toi ? Maurice, profondément ému, porta une main sur son cœur, pour attester que du moins un
sentiment commun les unissait ; que comme elle il adorait une puissance
toujours prête à accueillir les hommes de bonne foi ; que leurs vœux se
rencontreraient toujours, bien que leur croyance ne fût pas la même.

Adrienne, par un imperceptible signe de tête, parut remercier son cousin, puis son front retomba sur ses mains jointes.

Elle continua à prier, et Maurice vit bien que malgré la cérémonie
finie et la foule dispersée, il lui serait impossible de parler ce jour-là à
sa parente. Il sortit du couvent, et il s'éloigna dans une disposition mé-
ditative qui ne lui était point habituelle.

La petite société de Mme de Mauny n'épargna point quelques railleries
à Adrienne quand on sut le secret de son absence et lorsqu'elle vint reprendre les habitudes du cercle privé. Maurice la défendit. Il eut même
à répondre à quelques épigrammes de Clotilde dont il ne comprenait
pas bien nettement le sens, et puis dans la satisfaction qui revint s'emparer de lui, il retrouva bientôt la sérénité dont cette courte disparition
avait un moment altéré le calme. Il se rendormit dans cette sérénité. Ce qui
fait la vie, c'est l'intermittence du trouble et de la paix. Il espéra revoir
fleurir ses belles et tranquilles journées. Mais tout l'avait frappé sous un
nouvel aspect dans le caractère de sa cousine ; déjà il la distinguait de
tant d'êtres de son sexe, esprits pour la plupart absorbés dans l'empressement des soins vulgaires, intérêts de vanité ou de toilette. Il savait que
beaucoup de ces sortes de poupées qui ont systématiquement contre les
préoccupations graves, mauvais vouloir et mauvaise humeur, se vouent

_ leur culte exclusif, se coiffent quatre heures et se vêtissent dix fois le jour. Faire solennité du ménage et des actions les plus triviales, voilà l'emploi de leur âme immortelle: comme si ce n'était pas l'abdiquer, cette âme; et que penser ne fût pas notre part de Dieu.

Pour ces personnes incomplètes, penser est un inconvénient, tout au moins une superfluité. Elles rangent la méditation dans le nombre des choses qui peuvent laisser refroidir un consommé ou faire oublier, en sortant, de brosser correctement son chapeau. Ces détails les absorbent; un homme est déconsidéré à leurs yeux si le cordon de son col dépasse sa cravate. Il n'y a pas une idée qui tienne dans leur esprit : mais la moindre rosette de leur parure est attachée à quatre épingles.

Au rêveur Maurice il fallait, nous l'avons dit, de l'enthousiasme : après la gloire, d'autres intérêts élevés. Adrienne était la première fille d'Ève qu'il n'eût pas vu repousser le savoir et s'établir avec intolérance dans l'incurable monomanie des vues étroites et des intérêts de matérialité. L'animation humaine se compose de deux ressorts, pensait-il : esprit et matière ; soins du corps et besoins de l'âme ; élément divin, élément terrestre. Quelle désunion entre les êtres qui ne cultivent que l'une des deux conditions ; et que la matière, surtout, est répulsive à l'intelligence, quand ces deux facultés sont rivales, quand ces deux frères sont ennemis !

— Nous sommes alliés, nous, chère Adrienne, ajoutait-il quelquefois. Vivre, c'est pour nous réfléchir, croire à un meilleur monde, espérer. Celles qui ont pour adversaires l'étude, à qui on ne peut parler ni d'art ni de Dieu, ni d'une autre vie, que sont-elles ?

Ils avaient quelquefois, vers le soir, de ces entretiens doux et sérieux où s'abordent toutes les questions qui intéressent la destinée humaine. Ils faisaient de la métaphysique comme de bons cousins qu'ils étaient, mais ils se retrouvaient toujours (de dévote à philosophe) sur le terrain des idées vraiment religieuses.

— Croyez-vous, disait Maurice, que nous puissions jamais savoir ce que Dieu veut de nous ? Est-ce là une raison de nier sa puissance ? Je me résigne à la vie sans la comprendre; je me tourne quelquefois vers le Tout-Puissant et je lui demande, comme cet écolier soumis à n'avoir de perception que sur les avis de son précepteur : « Maître, est-ce que je m'amuse? » Il me passe quelquefois par la tête que l'humanité a été jetée sur la terre pour deviner, de génération en génération, tous les secrets de la providence. Ils seront découverts un jour et peu à peu par le progrès de nos sciences : astronomie, optique, vapeur, navigation aérienne... et quand le logogryphe sera déchiffré, la mission de l'homme sera finie. Je n'ai pas de croyance arrêtée, mais j'ai confiance. Et l'incrédulité absolue me paraît plus absurde que la plus aveugle foi.

— Pour moi, disait Adrienne, l'enfer me semble une idée infâme, et digne de la barbarie de ce moyen-âge, où l'inquisiteur jetait les dissidens aux bûchers.

Ils échangeaient leurs pensées tantôt sur un banc du jardin, tantôt dans l'embrasure d'une croisée ouverte. Ils n'avaient trop souvent que de ces sortes de conversations graves; car ils ne pouvaient guère éviter les fâcheux qui intervenaient dans leurs entretiens.

Mais c'est une joie bien vive, après l'absence, que retrouver un esprit qui vous féconde et soit digne de votre émulation à un jeu où les sentimens et les idées s'échangent, en place des lieux communs qui sont la monnaie du monde! Quel désert que le manque de sympathie sur les mêmes sujets! La pire des solitudes et des indigences est l'indigence de l'esprit et la solitude de l'âme. Dans leurs discussions, dans le doux laisser-aller de leurs flâneries intellectuelles, Adrienne n'était jamais trop sûre de son sentiment. Elle cédait; elle avait même quelquefois l'ingénieuse supé-

riorité d'avoir tort. Elle connaissait cette puissance de la femme : paraître vaincue pour dicter des lois.

Maurice en reprenant l'habitude de ses anciennes et calmes déférences,
avait pensé : Si jamais l'un de nous deux est assez fou pour vouloir changer son sort, je resterai encore son ami. Je la consulterai sur mes intérêts, et quand elle approuvera mes idées je les exécuterai toujours avec
confiance. Etre deux, c'est la vie. L'égoïsme n'est permis que lorsqu'on
peut ainsi le pratiquer double. Deux égoïsmes sont deux vices; unissez-
les, voilà une vertu. — Et si elle se remariait un jour, élevait une voix
intérieure de la conscience, serais-tu aussi l'ami de ce futur époux ? Il
hésitait à se répondre.

Auprès de la veuve, devant cette figure éclairée par une belle âme, le blessé
rentrait dans l'élément de toute quiétude. Il se sentait, comme a dit la
poète déjà oublié qui refusa la croix et le sénat de Bonaparte pour aller
s'asseoir sous les tentes d'Abufar : « Heureux de ses regards, heureux
d'être auprès d'elle ! »

L'officier trouvait bien quelquefois sa cousine trop grave et trop réflé-
chie, mais quand il se sentait prêt à s'intimider devant cette sévérité rêveuse, il surprenait la jeune femme le regardant lui-même avec une expression de bienveillance profonde; et si leurs regards venaient à se
croiser, il leur échappait en même temps, à lui un reconnaissant sourire,
à elle un trouble toujours suivi d'une subite pâleur.

— Il y a sur mon sort un mystère, Maurice, lui avait-elle dit, dès leur
seconde entrevue. Je vous demande encore quelques jours avant de
l'expliquer.

Maurice n'avait répondu qu'en s'inclinant, avec cette expression de
déférence qui veut dire :

N'êtes-vous pas votre absolue maîtresse, et n'inspirez-vous pas l'estime la plus profonde ?

V.

Mme de Mauny retenait quelquefois près d'elle l'officier de marine, selon l'intérêt qu'il semblait lui avoir inspiré à leur première entrevue et
qu'elle avait mal dissimulé; mais elle savait aussi comprendre que la
meilleure hospitalité qu'elle pût lui faire était de le laisser suivre une
prédilection sans doute passagère pour une femme bien moins belle
qu'elle ne l'était elle-même. Elle s'y résignait dans une orgueilleuse espérance.

Un soir elle eut avec M. Jouvellier un assez long entretien. Il se ter-
mina ainsi, après qu'elle eut, sur un point particulier, exaspéré la curiosité demi-satisfaite de cet homme, et irrité ses impatiences en l'empê-
chant d'aller se mettre en tiers dans une conversation qui se tenait à l'é-
cart entre les deux parens.

— Profitez de ces renseignemens, lui avait dit la femme du monde, et
brouillez-moi un peu habilement ce couple dont la bonne intelligence
peut devenir périlleuse pour vous.

— Mais, dit Jouvellier, vous êtes la confidente de cette mystérieuse
personne, madame; et vous m'en diriez davantage si vous vouliez.

— Si je voulais. Il suffit, ce me semble, de ce que je vous ai fait en-
voir pour servir vos intérêts, qui ne sont pas pour moi bien difficiles à
comprendre.

— Vraiment ! madame.

— La femme à remarier, ou à marier, est jeune encore; elle a une fortune sortable, et si vous saviez écarter le lieutenant de frégate, il ne serait pas un autre rival pour vous.

— Et vous, pensa en lui-même Jouvellier, sans exprimer sa conviction autrement que par un sourire équivoque, vous seriez heureuse de voir le brillant Maurice conservé dans sa liberté tout entière. Vous avez distingué ce jeune homme. Ce serait un meurtre, n'est-ce pas, que laisser ensevelir ses destinées dans un mariage... disproportionné ? On peut faire mieux pour lui, pourvoir à son avancement, contribuer à son bonheur, auquel vous vous intéressez beaucoup. Croyez-vous que je ne vous comprenne pas, à mon tour ?

Qui sait jusqu'à quel point pouvaient être fondées ces suspicions assez peu charitables de la part de l'homme de plume ? mais ce soir-là même, après une partie de piquet que M. de Mauny se laissa gagner par Maurice, voici quel échange de paroles eut lieu entre le financier, qui n'avait d'impulsion et de volonté que les inspirations de sa femme, et l'héritier des titres du comte de Flavières.

— Qu'est-ce que vous comptez donc faire d'un patrimoine qui dort, mon jeune vainqueur? lui dit-il.

— En jouir, répondit Maurice.

— Vous entendez par là l'augmenter, sans doute ?

— Nullement. Je ne veux courir ni les chances hasardeuses du commerce, ni m'abstenir des biens présens, au profit d'un très incertain avenir.

— Mais c'est une espèce de mort, dont vous parlez là. Et que prétendriez-vous devenir à Paris, s'il vous plaît, avec quatre ou cinq cent mille francs de capital perdu ? Il faut donner la vie à cette toute petite masse inerte ; me confier ces valeurs, et nous les ferons prospérer.

— Ne puis-je rencontrer quelque établissement ?

— Avec une demoiselle qui vous donnera autant tout au plus : Mlle de Lerney, par exemple? Vous voilà bien avancé ! Une quarantaine de mille francs de revenu, je suppose, avec toute une famille à soutenir quand vous êtes jeune et avez l'univers entier devant vous. Je vous offre quelques actions dans les chemins de fer, des rentes d'Espagne, une exploitation de mines d'asphalte : vous choisirez.

— J'ai choisi le repos, dit Maurice, et la résignation au sort que m'enverra la providence en dormant. Le sommeil est une voie comme une autre, et elle n'a pas toujours été, comme vous le savez, dédaignée par la fortune.

— Fi donc ! Moi je me suis toujours levé matin. Mais vous réfléchirez, mon brave. La puissance, aujourd'hui, c'est l'or. C'est l'enthousiasme du siècle. On a eu autrefois l'amour de la gloire, on a honoré les sciences, les arts, la probité même ; on est revenu en France de ces futilités creuses. Il faut s'enrichir avant tout ; un jour perdu est celui où l'on n'a rien gagné : j'en demande bien pardon à l'empereur Titus.

Hélas ! presque tous vos contemporains, lecteur, pensent ce que récite là ce financier. Prenez vos renseignemens où vous voudrez : soit à la cour, soit dans l'épicerie, soit à la chambre des pairs. Tous les événemens du monde, moraux ou immoraux, n'arrivaient à l'intelligence de notre loup cervier que par l'influence qu'ils exerçaient sur la Bourse. Il aurait volontiers demandé : Le talent, combien cela peut-il valoir? L'amitié, qu'est-ce que ça rapporte ? Du reste, il n'apparaissait en lui nul manque de logique, excepté sur deux points , savoir : sa condescendance pour sa femme et l'ensemble des traits de sa face. Ce masque était incohérent et invraisemblable. Le rapprochement de certains traits tombait dans l'incompatibilité. Par exemple, il avait les lèvres grossièrement épaisses avec un front très développé ; des yeux sans lumière avec un menton protubérant indiquant la volonté. Clotilde, qui avait eu la fantaisie d'un kiosque au fond de son jardin, avait vaincu l'avarice de ce mari-là en

lui répétant, mot à mot, le texte du programme qu'un architecte avait
improvisé devant elle.

— « Ça vous coûtera dix mille francs, voyons ; quinze mille francs;
tout au plus trente ; quand ça irait à quarante, ça ne peut pas dépasser
cinquante : Qu'est-ce que ça vous fait? »

Maurice se hâta donc d'aller à la rencontre de sa cousine vers ce fameux
kiosque, sans avoir donné de solution au spéculateur. Il retrouva
Adrienne dans son angle favori du jardin, assise au pied d'un arbre de
Judée. On touchait alors à la fin d'avril, et il lui fit remarquer qu'il
était tombé autour d'elle quelques corolles roses de ce singulier végétal
dont la floraison devance la feuillée.

— Je trouve, dit la jeune femme, qu'il y a dans l'ordre interverti de
ces productions un emblème des projets téméraires et des ambitions humaines, tels que nos aveugles vœux les désordonnent quelquefois.

— Ces fleurs sont folles, dit Maurice; elles se hâtent de s'épanouir
sans les compagnons qui les protégent et ne donnent aucuns fruits. Gar-
dons-nous d'admirer cette stérilité brillante ! Que ferez-vous de l'avenir,
Adrienne? ajouta l'officier, sans transition aucune, et en regardant fixement la jeune femme.

— Mais moi, je n'en ai point d'avenir, dit la veuve. Le vôtre, au contraire, dépend tout entier de votre choix. Parlons-en; vous méritez mieux
que personne d'être heureux. Vous ne pensez pas, j'espère, à l'âge où
vous êtes, à vous fermer toutes les carrières?

— Mais d'abord, dit Maurice, en montrant son bras gauche mutilé, je
suis bien dispensé, à ce que je crois, de poursuivre le métier des armes.
Je ne le regrette point. C'est une voie fermée, grâce à la prudence de la
gouvernementabilité qui nous mène, comme dit M. Guizot. Aucun laurier
n'empêche nos hommes d'état de dormir. C'eût été peut-être à la philosophie à faire justice des honneurs attachés long-temps au mérite d'é-
gorger ses frères ; c'est la couardise qui aura de nos jours cet équivoque triomphe. La gloire fait peur à nos suzerains d'hier. Serait-ce leur
bête noire ? Ils entravent tout développement de l'intelligence et de la
valeur nationale, plutôt que se départir de leur égoïsme bourgeois. Le
pouvoir, c'est la conspiration de quelques uns contre la liberté, les
droits et surtout l'argent de tous. N'est-ce pas? « C'est la coalition de ceux
qui possèdent contre ceux qui méritent. » À quelles fins règne-t-on? pour
s'enrichir et corrompre. Les factieux sont à la cour, la révolte et la violence sont du côté des trônes : et ils parlent encore de volonté immua-
ble, comme si la volonté de Charles X n'avait pas mué ! Si, à Alger,
par exemple, notre flotte a acquis telle supériorité qui fait pâlir le pavillon britannique, si les officiers et soldats éprouvés à Cherchell et à
Constantine contre les braves Arabes forment la réserve de l'honneur
français, un bataillon sacré imposé encore à l'admiration de l'Europe, est-
ce la faute de leurs Excellences ? la couronne n'est pas sans doute complice
de cette exception dans les attitudes du pays; mais je ne puis regretter,
je le répète, une carrière qu'on brûle de clore devant cette génération qui avait pourtant une revanche à prendre contre la destinée des
combats. D'ailleurs, j'ai peut-être pris autrefois pour le goût belliqueux
un bouillonnement de mes jeunes pensées encore indécises. Je n'étais
peut-être né que pour augmenter le nombre de ces demi-artistes condamnés à ne rien produire, faute de règle et d'émulation. Ceux-là, ma
chère, trop de fougue les entraîne, trop de fiévreuse ardeur les terrasse.
Ils ne savent vouloir à force de sentir. Toute puissance déréglée devient
stérile. Je me souviens qu'à dix-huit ans quand le fébrile transport de
créer me prenait je me débattais sans lui trouver d'issue. Au lieu d'accueillir cette force, et de la concentrer en un but, j'étais impatient de
m'en défaire et de l'évaporer. J'ouvrais la fenêtre de mon réduit pour
respirer un autre air que celui de l'inspiration. Je prenais mon chapeau

et m'élançais pour aller m'affranchir au dehors de l'obsession qui me domptait. Le cœur de Chérubin parle d'amour aux nuages, aux vents, aux arbres : l'esprit studieux des arts, dans la jeunesse, cherche aussi à se tromper, à se dissiper. Ce temps qui pourrait être si fructueux personne ne sait le rendre utile.

— A présent, devenez homme politique, dit gravement Adrienne ; député consciencieux : essayez d'être sérieusement utile à la patrie.

— En avons-nous une patrie ? Est-elle, je vous prie, dans les assemblées de cette nation toute préoccupée de salaires ? rétablissant les fiefs par la patente et remplaçant l'orgueil de la naissance par la féodalité des gros sous ? Vous voyez qu'on donne en tout lieu place à l'argent avant l'intelligence, et à l'exclusion même de la probité. Je ne voudrais acheter ni la cupidité des électeurs, ni me vendre à la corruption des ministres.

Mais quels discours est-ce que je vous tiens là, Adrienne ? c'est grave et ennuyeux comme un journal ministériel. N'ai-je rien de plus doux à vous dire ? Je ferais mieux de vous garantir de ce soleil qui s'incline. Votre ombrelle s'est dérangée, et voilà que le dernier rayon du couchant vous éblouit les yeux. Changeons de sujet.

— Du tout, dit Adrienne : changeons seulement de place. On imagine que les pauvres femmes seront éternellement futiles. Allez-vous me parler de mes rubans ? J'aime les sujets que vous appelez graves, et me résignerais à être traitée de pédante, plutôt que d'idole insignifiante. Qu'est-ce que vous disiez ?

— Je disais que les hommes d'honneur et d'exemple devraient refuser le mandat des colléges où nulle réforme n'est professée. Il pourrait être bon de savoir jusqu'à quel oubli du sens moral arriverait un pays corrompu par les intérêts de famille. Je refuserais de jouer à leur gouvernement représentatif avec des dés pipés. Les ministres du trente et quarante ont plus de loyauté que les croupiers du trône et de l'autel.

— Alors, essayez une autre action sur les esprits.

— Laquelle ?

— Professez la philosophie par le théâtre : car il vous faut une autre carrière. Faites-nous, en France, de bonnes pièces. Ce sera une exception.

Maurice était impatienté de voir la conversation suivre ce tour. Occupé exclusivement de sa cousine, il eût bien voulu parler d'autre chose ; mais la jeune femme, plus clairvoyante et adroite que lui, voyait déjà très bien Mme de Mauny venir à eux ; et quand elle se fut levée pour lui laisser une place entre son cousin et elle, Maurice se vit obligé de reprendre une conversation gênée. Il s'y résigna toutefois plutôt que de consentir à s'éloigner d'Adrienne. Seulement il chercha dans son regard l'expression d'une contrariété qui répondît à la sienne, et il ne parvint pas à la surprendre.

— Eh bien ! oui, ce sera une exception ; faites-nous de bonnes pièces, dit Mme de Mauny qui avait entendu les derniers mots de l'entretien.

— J'aurais cette vocation, madame, soupira Maurice, que certains juges de ce camp-là m'en repousseraient encore. Vos parterres prisent beaucoup les combinaisons caduques ; ils sympathisent évidemment avec des idées vulgaires. Pour aborder le grand nombre de jugeurs incompétens qui se font appeler le public, il faut avant tout de la trivialité dans l'esprit. Ce qui fait le succès de la plupart des ouvrages, c'est le rapport qui s'y trouve entre la médiocrité des idées de l'auteur et la médiocrité des idées de la foule. Molière seul a eu assez de génie pour se passer souvent de la bêtise et du mauvais goût pour réussir.

— Et encore ! remarqua Adrienne.

— Il faut bercer Jacques Bonhomme dans l'accoutumance de sa portée, dans la routine de ses joies. Les élémens de son admiration se composent de lieux communs et de plaisanteries fossiles. Il faut endormir le vieil enfant, comme fait la nourrice, dans l'ennui d'une monotone chanson. Il faut ne préparer à ces gourmands-là que les mets, bien ou mal réchauffés, dont ils se sont rassasiés la veille. Métier à entreprendre pour qui a l'ambition de la prime, à fuir pour qui chercherait l'honneur de l'art. La patience de ce peuple qu'on dit si mobile et si spirituel, trouve bon depuis trois siècles que les conditions de la scène restent invariables. Il n'admet à toute affabulation qu'un dénouement unique, peu philosophique et peu divertissant : c'est le mariage ; c'est le destin habillé en notaire, inamovible péripétie.

— Il est vrai qu'il y a vingt-deux théâtres à Paris, dit Mme de Mauny en souriant ; qu'ils donnent infailliblement chaque soir quatre pièces, et ces quatre-vingt huit drames n'ont point d'autre issue. Ce qui fait bien quatre-vingt huit fois la même surprise chaque soir, devant la même population.

— Et l'on a vanté, poursuivit Maurice, l'intrépidité de la garde impériale, immobile six heures, l'arme au bras, devant une batterie qui la foudroyait ! C'est à un sang-froid bien autrement stoïque qu'il fallait rendre hommage : celui des connaisseurs-momies, essuyant la même joyeuseté depuis le commencement du monde dramatique.

— Écrivez des romans, dit Clotilde qui s'apercevait très bien que cette discussion n'était qu'un maintien auquel on se soumettait en enrageant et qui cherchait à contrarier les deux cousins dans leur goût pour la solitude.

— On voit bien, madame, dit Maurice, que vous n'êtes jamais entrée dans un cabinet dit littéraire. On a coutume de dire que si les plus affamés voyaient faire la cuisine, ils n'oseraient la manger. On peut assurer avec plus de vraisemblance que si les producteurs soupçonnaient pour quels consommateurs d'émotions ils travaillent, les fruits de leurs veilles ne s'achèveraient pas. O délicates émanations du cœur, pages d'élite qui avez peut-être coûté des larmes au poète, dans quelles mains, — blanches ou non, — dans quelles sortes d'oreilles allez-vous tomber, depuis la chambrière qui recherche si curieusement votre primeur jusqu'à la duchesse qui consent à vous accueillir après ses gens, couvertes déjà d'illustrations et de commentaires. L'autre jour, j'ai entendu dire à une portière rendant le premier volume de *Clarisse Harlowe* à la gracieuse femme de mon libraire : « Cette ouvrage est mal faite et mal écrite. Je ne la paierai point vingt centimes. »

— C'est le chef-d'œuvre de Richardson, Madame, un immortel auteur !

— Dites à votre auteur, de ma part, qu'il est un sot. Il faut qu'ils m'amusent donc, les auteurs ! C'est leur métier à ces gredins-là. Ils sont payés pour cela.

— Combien leur donnez-vous, madame ?

— Quatre sous.

— Eh bien ! Maurice, affranchissez-vous de ces aréopages d'arrière-boutique ; formez-les plutôt ; et en quittant l'épée pour la plume, voulez-vous guerroyer encore ? donnez-vous carrière dans la critique.

— Métier d'eunuque.

— Allez-vous médire de cette magistrature pour avoir rencontré ici plusieurs fois un homme qui s'y est voué ?

— Oui, M. Jouvellier, ajouta Clotilde, un fashionable que vous n'aimez pas ?

— Mon opinion était faite sur les desservans de ce culte négatif, répondit Maurice, avant d'avoir heurté dans le monde un homme haïssable de plus.

Maurice n'ajoutait pas, — ce qui peut-être l'empêchait d'être juste envers le journaliste, — qu'il était sûr d'avoir reconnu en lui un admirateur

d'Adrienne et certain observateur nocturne qui avait avoué dans la rue
à son confident qu'il vivait mort.

— La critique de profession, poursuivit-il, je l'ai trop rarement vu pro-
fesser par d'autres esprits que ceux qui sont impropres à produire. M. Jouvellier a une de ces figures dans lesquelles on sent une protestation contre tout ce qui est élevé. Ces hommes-là raillent la poésie en voulant la
définir ; il est des vallons sans échos, des ruisseaux qui n'ont point de re-
flet. On n'a jamais entendu on de tels cœurs des accens de joie repro-
duits, jamais le ciel ne s'est reflété dans leurs yeux.

— Il parle avec facilité cependant, remarqua Adrienne.

— Et il se met très bien, ajouta Mme de Mauny.

— Les sottises, dit Maurice, sont quelquefois aussi bien habillées que
les sots.

— Il y a quelquefois de l'étendue dans ses perceptions théoriques.

— Mais il ne pratique jamais que les opinions qui font vivre.

— Prenez garde ! voilà le personnage qui s'avance lui-même au devant de nous, dit prudemment Adrienne.

— N'est-ce pas, monsieur, poursuivit l'officier, s'adressant directe-
ment au survenant, n'est-ce pas que la critique, quand elle est exercée
exceptionnellement par de généreux esprits, est toujours affectueuse et
encourageante? Alors elle inspire à la fois l'émulation et la reconnaissance.

Maurice était irrité du dernier contre-temps qui s'établissait contre lui. Que n'aurait-il pas donné de discussions oiseuses et d'aperçus
les plus transcendans sur l'esthétique pour le bonheur d'être seul , le
hasard qui aurait pu lui faire lire dans le cœur d'Adrienne , rapprocher
son pied du sien, l'effleurer doucement sur le sable ?

— L'indulgence, monsieur, a ses abus, dit l'hypercritique ; il faut que
la sévérité réprime souvent l'outrecuidance des prétendus génies.

— Eh ! malheur à la plume qui ne conseille jamais et dénigre toujours, monsieur. Malheur à cette devise de la critique : « Tout n'est rien.»
Honte au but de ces efforts qui est d'intimider le zèle et d'étouffer ce
qui va naître. Nous aurions besoin d'émulation plutôt que de freins.
Il n'y aura bientôt plus rien de beau pour quelques envieux blasés, dé-
guisés sous le nom de guides : pas même les œuvres de Dieu, un jour
de printemps, un rayon de soleil.

— Laissez croire cela, Maurice, aux médiocres auteurs qui regardent
la vérité comme une offense et prennent la justice pour une insulte.

Cette dernière observation était faite par Adrienne, laquelle prêtait
l'appui de sa politesse conciliatrice à Jouvellier et toute la sympathie de
son attention à son cousin.

— C'est qu'il est beaucoup d'insulteurs, dit le jeune officier ! Ceux-là
se font les complaisans de la galerie qui veut qu'on abaisse tous les ta-
lens au niveau de sa médiocrité. Le mérite est une exception qui choque
le vulgaire. L'hommage rendu à un écrivain ne plaît qu'à un seul lecteur ; une diatribe convient, hors une personne, à tout le monde.

— Et surtout aux amis de l'auteur! dit Adrienne.

— Réjouir les impuissans qui triomphent des naufrages du talent, caresser toutes les infirmités empressées à se croire moins disgraciées si on
leur raconte comment le génie s'égare : c'est un pauvre métier, monsieur. Ne vous y trompez pas, le public est hostile de naissance.

— Voudriez-vous détrôner le public ?

— Vous connaissez donc un plus fantasque tyran ? Il a le goût obtus
dans les arts. Prendre son sentiment pour base d'une appréciation éclairée est un point de vue faux. Il se connaît en très peu de choses; il
prend pour la beauté des femmes les formes épaisses et les couleurs pla-
quées ; en musique, il admire le bruit ; en poésie, les idées banales et
les vers mal rimés ; au théâtre, les situations rebattues. Proclamer son
sens exquis est une flatterie grossière. Au lieu de l'éclairer, de le diri-

ger, le critique vulgaire ne fait que le procès-verbal d'un succès maté-
riel et aveugle. Vous êtes les courtisans des plus forts, vous venez au secours des plus nombreux. A voir les bévues, les engouemens, les inin-
telligences du public, personne n'en voudrait pour son portier.

— Et quel intérêt porte donc monsieur, un homme aussi distingué, à
prendre le parti de quelques orgueilleux fraudeurs de renommée contre
la saine police de notre censure ?

— Avant vous, monsieur Jouvellier, dit Maurice, aucun critique *de
profession* n'avait encore été utile aux arts depuis le commencement du
monde. Que veut dire Aristarque ? Pédant. Zoïle ? Envieux. Est-ce un mi-
nistère d'équité que ce parti pris qui vante infailliblement les vieux siècles aux dépens du présent, crie dans le combat en arrière au lieu de crier
en avant, insulte les enfans au nom de leurs pères et jette à la tête des
vivans la statue des morts ? Ces morts, monsieur, ont été de leur temps
insultés par les ancêtres de la même et négative phalange. Je n'aime pas
ces artisans de détraction, ces proxénètes de beautés absentes, ces pour-
voyeurs de défauts au profit de ce grand autocrate, moins amusable encore que l'amant éreinté de la veuve Scarron : Sa Majesté le public.

— Mais, monsieur, votre parti lui-même, est classiquement défenseur,
dans les arts, de quelques doctrines que vous jugez rétrogrades, il est
conservateur zélé du goût du grand siècle ; il est ennemi des innova-
tions, il veut le *statu quo* dans l'imagination.

— Je m'en étonne avant vous, monsieur, et je m'en afflige davantage.
Ce parti si grand d'espérance, si généreux dans ses ambitions politiques,
n'est point progressif sur la question des arts. Quand nous sommes re-
poussés de la tribune, quand les champs de bataille nous sont fermés,
que ce parti ne saurait régner encore que sur les jeunes et ardens esprits, comment se fait-il géronte en poésie ?

Sa prétention est de marcher au devant des améliorations politiques et
à reculons vers le passé littéraire, comme si toutes les idées ne pro-
gressaient pas fraternellement ! A-t-il fondé la confiance qu'il veut
inspirer pour ses plus chères théories sur un respect affecté pour les
vieilles rhétoriques ? Souvent étranger aussi à la question sociale et
assoupi dans la polémique des vingt-quatre heures, croit-il devoir soutenir à la fois 89 et Aristote ? attaquer les autocrates et consolider la
féodalité académique ? créer des droits politiques et embaumer des ca-
davres littéraires ? Avec les démocrates dont vous parlez, monsieur,
je serai de la même barricade, jamais de la même pédagogie.

— Aimeriez-vous mieux qu'on cédât la place des maîtres aux tréteaux
de l'école moderne ?

— Mon Dieu ! je voudrais qu'on sût respecter le passé et encourager
l'avenir. La satire ne sert qu'aux menus plaisirs des sots. Que messieurs
les conservateurs s'obstinent à endoctriner leurs auditoires dans le même
prêche, à endormir les oisillons par la fascination du même cercle, à la
façon du milan qui habite leurs tours féodales, je le conçois. M. Heiné
n'a-t-il pas dit, très spirituellement et très cyniquement, que le catholi-
cisme qui mangeait Dieu tous les matins devait avoir naturellement plus
de force à digérer beaucoup de choses ? Mais des hommes sincères, les
libéraux, qui honorent la philosophie, pourraient être moins intolérans !

— Il est des règles imprescriptibles, monsieur. Les novateurs du
théâtre n'ont pas le droit, par exemple, d'ignorer les usages consacrés,
et d'être étrangers au *métier* de la scène.

— Vous me faites l'effet, répondit Maurice baissant la voix et s'approchant de l'oreille de son antagoniste, de ces vieux maris qui s'éton-
nent, en prenant une fraîche jeune femme, qu'elle n'ait pas tout l'acquit
des courtisanes. Ils l'accuseraient de sa pudique ignorance et l'enver-
raient, s'ils l'osaient, à l'école, ces blasés fainéans. — Comment, monsieur, reprochait dernièrement tel directeur royal à un novice drama-

turge, vous voulez nous donner la fatigue de votre virginité ? Allez d'a-
bord cohabiter avec M. Scribe.

Ainsi ces deux hommes, en paraissant ne converser que sur ces matières indifférentes, s'étaient blessés mortellement. Ils se mesurèrent des
yeux. Dans l'expression de l'écrivain on démêlait, au milieu d'une politesse railleuse, toute la confiance établie sur la bonne opinion qu'il avait
de son mérite ; et dans la tenue de l'officier, à travers un reste de déférence pour une personne admise dans la société de sa parente, un manque d'estime pour le caractère d'un homme compromettant la presse,
pontife déconsidérant sa religion. Adrienne avait tenté quelques inutiles
efforts pour rendre pacifique, en s'y mêlant, une conversation qui s'ai-
grissait à vue d'œil. Enfin M. Jouvellier, sentant que la sympathie de
l'attention n'était pas pour lui dans les propos qui s'échangeaient, ima-
gina, par vengeance, de s'obstiner à rester le dernier. Il espéra égaliser
ainsi l'avantage qui lui paraissait demeurer à son adversaire. Maurice s'é-
loigna donc, mais en emportant cette fois l'idée bien fixe que l'importun
comptait sur la partialité d'Adrienne. Cette découverte lui en révéla
deux autres qui n'étaient peut-être encore qu'à l'état de suspicion pour
lui : la première, c'est qu'il était lui-même amoureux profondément, et
la deuxième... mais ces deux choses n'en font qu'une.

N'anticipons pas sur les événemens. Voyons d'abord que Mme de
Mauny s'était placée sur la route de l'officier, apparemment dans l'espérance qu'il l'aborderait.

Il ne le fit pas ; elle en conçut un ressentiment très vif, une rancune
de femme.

IV.

La mort supposée de Maurice avait autrefois failli tuer Adrienne.
Puis, cet événement qui ne fut point contredit durant plus d'une année,
avait influé sur la résolution par la suite de laquelle l'officier la retrou-
vait veuve.

Maurice, peu partisan du mariage, n'avait jamais tourné ses idées
vers les avantages qui pouvaient, entre sa cousine et lui, effacer quelque
différence de leur âge, et compenser la démission qu'il eût pu offrir de
son grade. Et cependant il supportait plus impatiemment, de jour en
jour, que M. Jouvellier s'occupât de sa parente. Sans cet homme, Maurice aurait pu vivre long-temps encore dans la méconnaissance de ses
propres sentimens, et prendre son dévoûment pour une disposition
toute désintéressée ; mais il se prit à croire que la jeune femme favori-
sait en secret le dandy, et ne lui accordait, à lui-même, qu'une amitié
sans conséquence. Ainsi les deux vanités étaient sorties également mé-
contentes de cette lutte. Jouvellier ne douta pas une minute que la dot
ne fût le mobile des prétentions du marin, et Maurice sut mauvais gré
à Adrienne du sentiment qu'elle inspirait à un autre. Il lui eût cherché
querelle à l'idole s'il eût osé commettre cette injustice et il la boudait
en secret, quand il arriva un soir chez Mme de Mauny au moment
où sa cousine prenait congé de deux dames qui se retiraient déjà, et
qu'elle avait reconduites avec bienveillance jusque dans le premier
salon.

Il rentra avec elle. Mais il l'avait trouvée rêveuse plus que jamais, et, toujours frappé de ses idées jalouses, il se promit de ne pas l'aborder ce soir-là.
Puis, peu après, et par une inconséquence assez facile à comprendre pour

qui sait combien de contradictions éprouve un cœur qui se méconnaît encore, il se rapprocha d'elle subitement.

Adrienne parut alors sortir d'un recueillement, d'un combat. Son front s'éclaircit avec effort et puis un sourire se fixa résolument sur ses lèvres.

— Maurice, commença-t-elle avec l'accent d'une gaîté douce, comment trouvez-vous les deux dames avec qui j'étais quand nous nous sommes rencontrés ce soir?

— Madame et mademoiselle de Lerney? dit Maurice avec distraction : la mère et la fille? — Vous êtes pâle, Adrienne, auriez-vous mal reposé cette nuit?

— Oui, la mère et la fille, reprit Adrienne sans répondre à la question. Elles sont bien? n'est-ce pas?

— Très bien. — Vous êtes fatiguée, je le vois. Qu'avez-vous?

— La jeune personne embellit tous les jours : Madame de Lerney a été charmante et sa fille lui ressemble.

Maurice avança un tabouret près des pieds de sa cousine, et l'invita du geste à s'en servir.

— Quinze ans à peine! insista Adrienne. A cet âge on a mieux que la beauté, et Aglaé est accomplie, sans qu'elle s'en doute.

— Quel panégyrique! interrompit Maurice. Cette jeune personne-là est effrayante de perfection... si l'amitié n'exagère rien.

— Il est vrai que je l'aime beaucoup, reprit Adrienne. Je l'ai vue tout enfant ; je m'intéresse à son bonheur comme à celui d'une sœur cadette que le ciel m'aurait donnée. Voilà bien des fois que vous l'avez rencontrée chez Mme de Mauny : vous avez pu apprécier sa simplicité, sa douceur, son excellente éducation. Dites, qu'en pensez-vous?

— Mais je la trouve à peu près comme toutes les poupées gracieuses de son âge.

— On ne peut juger, dit vivement Adrienne, une pensionnaire timide pour l'avoir vue dans un cercle. Il faut, mon cousin, que je vous présente chez Mme de Lerney.

— Je n'ai nul dessein de former des relations nouvelles, dit Maurice.

— Vous n'allez pas assez dans le monde ; vous ne voyez que nous ; Mme de Mauny vous conseille aussi la distraction.

— Je le crois !

— Ces goûts de retraite, mon ami, ne conviennent ni à votre jeunesse ni à votre situation. Votre carrière est brisée ; ne faut-il pas vous faire une autre existence, remplacer par d'autres intérêts, et des intérêts plus doux, vos rêves déjà évanouis de gloire et d'ambition?

— Eh ! dit Maurice, pour donner un intérêt à son cœur, un but à sa vie, serait-il bien nécessaire d'être poussé dans un monde pour qui j'ai plus d'éloignement que d'attrait?

— J'ai mes motifs, poursuivit galment Adrienne : je souhaite de vous faire faire connaissance avec Mme de Lerney ; c'est mon amie, et dans l'effusion de sa tendresse maternelle, elle m'a parlé de l'avenir de sa fille. Elle a une haute estime pour vous, et il n'est personne à qui elle remît avec plus de sécurité le soin du bonheur d'une enfant qui a perdu son père. Elle me l'a dit sans détour, et m'a chargé de savoir si cette alliance vous conviendrait.

— Et vous vous employez à cette mission avec empressement?

— Comment aurais-je refusé? dit Adrienne. Votre bonheur d'abord et puis celui d'Aglaé m'intéressent. Songez donc à la félicité que vous obtiendriez dans une telle union! Appeler pour ainsi dire à la vie un jeune être qui s'ignore! Ce cœur dans sa limpidité première reflètera tous vos sentimens ; cette fraîche intelligence s'impressionnera de toutes vos pensées. Vous l'animerez de votre esprit; elle aimera ce que vous lui apprendrez à aimer; elle saura de la vie ce que vous voudrez lui en apprendre ; vous serez sa science, son univers, son créateur. Votre âme échauffera la sienne ; et vous vous retrouverez tout en elle comme dans un miroir qu'aucun souffle n'a terni, une onde dont rien n'a obscurci le cristal.

Pendant qu'Adrienne disait ces paroles, un incarnat inaccoutumé passait sur ses joues. Son regard attaché sur Maurice était brillant et humide. Maurice trouva à sa physionomie une expression qu'il ne lui connaissait pas, un charme tout nouveau, bien qu'il fût blessé des paroles qu'il venait d'entendre. Il prit la main d'Adrienne : cette main tremblait. Il fut tenté de la porter à ses lèvres, puis de la rejeter brusquement, car la tendresse et le dépit se combattaient en son âme. Enfin avançant un bras pour l'aider à quitter son siége :

— Ne voulez-vous pas, lui dit-il, vous approcher, madame ? On fait là-bas de la musique au piano, et l'on doit être bien jaloux d'avoir votre suffrage.

Maurice se retira presque aussitôt de l'hôtel Mauny, n'avoua à personne et ne se dit pas à lui-même tout ce qui se passa en lui pendant les jours qui suivirent. Il tenta d'abord chez sa cousine : il n'y fut pas reçu ; puis, comme s'il était sans souvenir d'un passé si récent, il reprit l'habitude de ses relations ordinaires avec toutes les personnes qui composaient cette société.

Comment pouvait-il donc se dissimuler son propre secret ? L'amitié devenait amour. Qui dira jamais comment s'opère en nous cette métamorphose insensible ? Savez-vous comment le crépuscule devient le jour ? Par quel incessant progrès la lumière monte et nous envahit ? La source devient le Rhône. Le bouton vert enfle son écorce ; puis il la brise et s'épanche en flots de pourpre. Le feu du pâtre long-temps couvé sous la bruyère et les feuilles séchées, gagne le buisson vif, dévore les ronces, touche la forêt, la circonvient et l'embrase. C'est l'image des transformations de l'âme, c'est l'amitié qui se fait amour.

Vers l'heure de la journée, la seule qui pût ramener la présence d'Adrienne chez la femme du banquier, Maurice s'était accoutumé a sortir de chez lui bien avant le moment de cette réunion, et il errait dans les rues solitaires qui avoisinaient l'hôtel de Mauny, surtout dans la direction qui devait conduire la jeune femme au même lieu. Quand il l'avait aperçue, ou plutôt devinée à des distances extrêmes, son instinctif élan était de voler au devant d'elle ; mais seulement s'il était sûr qu'elle fût seule ; car une fois il l'avait rencontrée donnant le bras à M. Jouvellier, et s'était abstenu pour ce jour-là de paraître chez Mme de Mauny. Quand il avait, dis-je, vérifié que la négresse seule escortait sa maîtresse, il se hâtait de l'aborder. Elle lui semblait plus à lui quand elle n'avait d'autre secours que son bras, d'autre direction que celle qu'il imprimait à ses pas, à l'insu même de toute volonté de la jeune femme. Plusieurs fois ils arrivèrent devant la porte même de Mme de Mauny, sans qu'Adrienne se fût aperçue qu'ils dépassaient le but de leur course. Il n'était pas rare qu'il advînt au couple ami de se surprendre, de se réveiller pour ainsi dire à une grande distance de l'hôtel. Tantôt, c'était vers l'angle de cette rue de Labruyère, toute bordée d'ateliers de peintres, tantôt vers le désert élevé de la rue Pigale. Adrienne grondait doucement alors ; mais les promeneurs recommençaient à causer, tout en admirant autour d'eux, soit les vieux arbres qui touchent la barrière Blanche, soit ce nocturne et lumineux télégraphe qui s'allume sur les buttes de Saint-Chaumont. Cet héroïque coteau leur rappelait la résistance à l'invasion de l'étranger, racontée jadis par leur vieux oncle. Savez-vous combien peut ajouter de puissance et de grâce à l'ascendant d'une femme l'éclair surpris dans son regard, ou la mélancolie de son sourire, devant un douloureux témoin des revers de son pays ? Vous connaissez son charme dans les animations de la coquetterie, l'orgueil de plaire, l'ivresse qu'elle saisit ou qu'elle donne ;

mais qu'elle vous paraîtrait plus belle et plus touchante encore si vous voyiez resplendir sur son front l'amour de la France.

Maurice était devenu près d'Adrienne son compagnon, son ombre. Sortait-elle pour une visite d'un moment, quelque emplette insignifiante, le simple projet d'aller au bain? il la rencontrait infailliblement; et une fois l'un près de l'autre, savaient-ils se quitter? Alors ce couple, si isolé au milieu de Paris, parcourait dans une profonde solitude les rues les plus populeuses. Ils allaient sans but dans leurs courses, sans prévoir d'asile où se reposer. Parvenus à quelques jardins publics, ils savaient toujours pour s'asseoir (car Adrienne était facilement lasse) trouver un groupe de chaises écartées. Les heures s'écoulaient là sans qu'ils eussent le sentiment de leur durée. Alors quel enchantement n'empruntait pas à leurs yeux le plus vulgaire des horizons! L'air n'était jamais hostile, chacun des objets voisins semblait les caresser. Ils se surprenaient à admirer l'aspect du plus trivial quartier où le hasard les avait conduits; et toujours dans sa reconnaissance Maurice se promettait bien d'y revenir seul pour retrouver une trace et un souvenir. Qui de nous ne connaît ce prestigieux pouvoir? qui n'a trouvé beau une fois dans sa vie le lieu le plus disgracié du monde, fût-ce le Luxembourg lui-même, l'esplanade des Invalides, un coin du Champ-de-Mars, telle rue déserte du faubourg Saint-Jacques? Oh! erreur trop vite passée! Qu'était donc toute cette poésie? sa présence.

— Mais la soirée s'écoule, faisait quelquefois observer craintivement Adrienne. Hâtons-nous d'aborder la maison.

— Vous seriez donc fâchée de manquer une fois le monde et de n'aller pas chez Mme de Mauny?

— Ingrat! pensait Adrienne, pour qui me plais-je à m'y rendre?

— Le monde, ajoutait Maurice, m'est irritant ou fastidieux. Il faut pour satisfaire mon âme que j'admire ou que j'aime, et le monde fournit mal ces deux élémens. J'ai toujours plaint ceux qui ont besoin de chercher la vie hors d'eux-mêmes. Je ne la comprends au dehors que quand toute richesse d'âme est épuisée. Qui sont ceux qui se rassemblent? Les indifférens, les ennuyés, les ennuyeux. Le bonheur habite la retraite, il se cache dans les bois, dans les jardins, loin des salons. J'espérais que vous aimiez la campagne!

— Je l'aime si bien, dit Adrienne, que je me demande quelquefois comment on peut l'abandonner, même l'hiver. Par quelle ingratitude, en effet, délaisse-t-on son religieux silence, quand rien ne profane plus ses aspects : la présence des riches, la roue de leurs chars, le rire de leurs laquais. Quand la sotte poussière des dandies est remplacée à l'orée des châtaigneraies par les perles de la rosée, les diamans du givre. Oh! que j'aime les bords de l'étang gelé qui se forme en collier resplendissant!

— Vous vous plairiez aussi, n'est-ce pas, ajoutait Maurice, s'enivrant de ses goûts partagés, au deuil des arbres devenus noirs, au retour des oiseaux voyageurs et aux brumes des coteaux? Je n'ai jamais rien à demander à la solitude que la solitude elle-même. Elle me calme et me suffit toujours; mais les cités semblent, au contraire, promettre incessamment quelque chose qu'elles ne tiennent jamais.

— Pensiez-vous un peu à Flavières tout à l'heure en disant ces paroles? demanda candidement Adrienne.

— Rien qu'à ce beau lieu, tout exclusivement à lui, dit Maurice.

— Vous le reverrez, vous! Oh! quand vous retournerez là-bas, parlez un peu des absens à la fontaine Aubert; dites mon nom à la Taille-de-Chênes. Saluez pour de vieux enfans ce CARROIR tout blanc de marguerites où nous avons joué au *voleret*. Vous savez bien, ce jeu d'un projectile rustique où, dans un morceau d'érable, long comme un couteau fendu d'un côté, aiguisé de l'autre, nous passions une plume de coq ramassée dans les *épinats* prochains, et que nous lancions dans l'air pour

lui voir décrire en descendant du ciel bleu une volute élégante, une sorte
de cornet gracieux qui venait se planter sur la pelouse entre deux brebis
effrayées. Vous voilà redevenu possesseur de ce paradis de notre enfance. Y retournerez-vous ? Qu'allez-vous faire ?

— Je n'ose encore dire ce que je veux. Je me demande si à l'inquiétude des instincts guerriers que le pouvoir repousse, au hasard des autres carrières d'honneur fermées par leur juste-milieu, ou dont le manque
de talent m'exile, il ne serait pas temps de renoncer en toute modestie;
et si, ne sachant dans une position privée être ni utile ni célèbre, il ne
serait pas sage... je l'ai déjà dit, d'être heureux.

— Egoïste ! pensa Adrienne. — Et si la Providence, dit-elle tout haut,
vous consultait sur la manière d'accommoder à votre guise les conditions
de ce passage sur la terre, sauriez-vous vous y prendre ?

— Je pense, ou plutôt je sens maintenant qu'il n'y a que deux choses
ici bas, qui servent au bonheur, dit-il : croire et aimer. Je m'éloignerais
de Paris et dans la solitude d'une vie de château j'irais cultiver la pensée avec une âme sœur de la mienne ; vieillir, comme dit un vieux
poète, « sans changer de toit ni d'amour.» Concevez-vous, poursuivit-il,
pendant qu'Adrienne gardait le silence, le bonheur de deux êtres faits
pour s'entendre dans la plénitude de la liberté agreste? Je sais tout ce
qu'on dit des inconvéniens d'une union irrévocable, mais je sais aussi
que les conditions du bonheur qu'elle comporte ne sont presque jamais
remplies. On associe inconsidérément deux âmes étrangères l'une à l'autre. Comment s'étonner que telle esclave ne soit pas heureuse avec tel
époux, quand leurs qualités à tous deux sont incompatibles autant que
leurs défauts? Une femme de poésie, un homme de finances ! un rêveur
près d'une Xantippe entichée de ses attributions ménagères !

Jean Paul raconte l'histoire d'un artiste lié à une femme vulgaire ; il
fait ressortir l'incurable niaiserie d'un esprit tout positif, venant contrarier les méditations de l'homme exalté.

Il y avait, dit-il, dans cette femme un triste vide ; c'était comme une
tache sur un beau visage. Jamais l'époux n'avait pu animer cette pensée
traînante, l'arracher à la terre, l'échauffer d'enthousiasme pour rien.
Elle ne s'occupait d'aucune idée, pas même de celle de Dieu ! Elle savait
compter les mailles d'un filet, jamais les probabilités d'une autre existence. L'époux était-il un jour plus éloquent, plus poétique, plus emporté par les nobles spéculations de l'âme? — Demain, avant de sortir,
interrompait-elle, vous attendrez, s'il vous plaît, que j'aie raccommodé
vos chausses. Elle voyait un fil d'araignée au coin d'une fenêtre, jamais
les campagnes fleuries, jamais les nuits étoilées. L'univers, c'était pour
elle la lessive ou quelques visites. Jamais, dit l'Allemand, elle ne montait
sur le char magique des idées; elle n'avait jamais secondé celles de l'homme auquel sa destinée était unie : elle portait sur toute chose la mort
intellectuelle. L'avenir était pour elle une perspective sans issue. L'a-
bîme entre le cœur du poète et celui de cette compagne allait toujours
se creusant. Disette d'impressions nouvelles, journées remplies par des
riens ou par le vide. Il ne naissait jamais entre eux une de ces émotions
qui réconcilient les âmes. Jamais d'affections partagées, impossibilité dé-
chirante d'aimer un si aride associé. Quel était le plus malheureux des
deux êtres?

L'artiste finit par douter de lui-même et des facultés qu'il tenait de
Dieu, comme consolation de l'existence humaine. A l'air si indifférent ou
profondément ennuyé qu'affectait sa compagne devant une préoccupation du génie, quel esprit n'eût pas, comme le sien, hésité à croire à sa
valeur, douté de sa vocation et senti l'enthousiasme lui mourir au cœur?
On doit se dire alors : Mais ce que j'essaie à réaliser, ce qui sollicite et
émeut profondément tout mon être n'est peut-être pas digne en effet de
l'intérêt d'un autre cœur? A l'heure où l'homme de méditation obtient

de ses facultés une faveur inespérée; qu'il est dans l'émotion d'un créateur; si, au lieu de trouver accueil, encouragement, hospitalité de l'âme, il est obligé ou de s'enfermer ou de sortir de chez lui, d'aller confier à la nature morte ce qui se passe en son âme; s'il faut qu'il étouffe un sentiment qui demandait à s'épancher; s'il faut qu'il voie trahir le bonheur qu'il se promettait à sentir sa pensée grandir et son émulation se refléter en des yeux amis, quel découragement doit le frapper! Il allait accomplir la mission du talent : traduire cette pensée par des formes, des couleurs ou des paroles, unir le bien et le beau, produire ces fleurs de l'intelligence qui s'épanouissent dans les arts pour préparer les fruits de la philosophie... Et le doute l'accueille, le glace; on le regarde comme un importun, peut-être un insensé! Il lui faut entendre parler modes ou ménage, au lieu d'être écouté lui-même, car la médiocrité est intolérante. Qu'il doit être amer de n'avoir jamais de confidence ouverte pour son âme! Vous, Adrienne, recevriez ces confidences; mais quelle lutte que celle de deux êtres dont l'un cherche à oublier, à anoblir la vie, l'autre à s'en embarrasser petitement. Celui-ci se débat contre la matière, l'autre cherche à s'affranchir de la pensée. Les individus fanatisés de petits soins évitent ce qui peut les élever, et recherchent le culte des dépendances vulgaires comme les laborieuses imaginations les fuient. Oubliez-vous votre condition? ils vous la rappellent sans pitié. Voulez-vous entrer dans la vie des songes? ils vous réveillent par de brutales secousses. C'est le supplice de l'estrapade appliqué à l'esprit.

— Et ces fléaux d'un esprit qui médite, demanda Adrienne, ne se font-ils pas quelquefois les amis du corps qui dort ou digère?

— Oui, dit Maurice. On ferait hospitalité aux besoins terrestres, jamais aux dispositions de l'intelligence. La réflexion est ennemie de ces femmes. Eh bien! quand la vocation d'un homme est l'étude, il lui est intolérable de se voir pris ainsi à rebours. Il ne se résigne pas à avoir l'air d'être ingrat quand il n'est qu'obsédé. On veut qu'il soit touché du soin banal qu'on prend de sa personne, quand on lui ôte la paix de l'esprit et la santé des idées!

— Hélas! dit Adrienne, est-il donc vrai que la femme qui pourrait être l'émulation de l'homme et sa providence, en est quelquefois l'abrutisseur intime. Je suis sûre, comme vous, que l'air frondeur et déplaisant de sa compagne suffisait à Jean Paul pour ébranler en lui la foi du travailleur. Quand le doute naît, le dégoût suit. Le poète ne doit pas plus revenir à ses idées, une fois profanées, que la fauvette ne revient à ses petits, fussent-ils déjà demi-éclos, si un méchant a glissé la main dans leur couche. Le pauvre nid, alors, demeure froid et désert, et le paysan dit : « Il a été haï par la mère. »

— Oh! mais, chère, dit Maurice, pour deux cœurs assortis, c'est-à-dire ayant des instincts fraternels (car la première des sympathies est celle des admirations identiques), quel paradis s'ouvrirait devant eux! Des espérances pareilles en Dieu, les mêmes aspects de la nature les feraient tressaillir. S'ils perçoivent dans le désert des champs les mêmes mouvemens, si le silence a pour eux les mêmes langages, soyez assurés qu'ils s'entendront sur toutes choses. Ils s'entendent, si l'un des deux, ayant le premier parcouru un livre, l'autre, en savourant les plus beaux passages à son tour, les trouve déjà marqués par une fleur des prés. Dans leurs entretiens, ils auront une pitié douce et profonde de ces êtres obligés de se réunir en un salon pour endurer la vie. Si une femme était aimée, irait-elle s'arracher à un si rare bonheur dans une cohue d'indifférens? Si cet homme possédait le don de penser, imposerait-il silence à la voix de son génie pour ouvrir l'oreille à des lieux communs, aux répétitions des bruits de gazette? Jamais, pour moi, je n'ai rencontré personne à qui je m'intéressasse dans un raout, un concert d'amateurs (où j'étais moi-même par une exception rare) sans lui demander intérieurement : Mais, malheureux ! tu n'as donc point de souvenirs à repasser en ton cœur ? point de jardin même sur ta fenêtre, point de chimère à retrouver dans les ténèbres ? pas même un chien qui poserait sur tes genoux sa tête, et dont les bons yeux calmeraient ton ennui, satisferaient ton indigence d'affection mieux que tous ces bruits extérieurs, sans inspiration que la vanité, la cupidité ou l'intrigue ? Je ne me suis jamais trouvé là, dis-je, entraîné par une de ces exigences du monde appelée devoir, sans me dire à moi-même : que fais-je ici ? N'ai-je donc pas à lire quelques numéros d'une gazette de l'année dernière, mon dictionnaire français à feuilleter, ne fût-ce que pour y apprendre que j'ignore la signification des sept huitièmes des mots de ma propre langue ? Ah ! si les unions sont si souvent ce qu'on les voit, c'est qu'on assortit les fortunes, jamais les intelligences. Une femme n'est pas l'amie d'un homme pour veiller uniquement à ses besoins matériels. La plus patiente des sœurs de charité, si elle s'arrête à l'antichambre de votre cœur, ne vous inspire qu'une reconnaissance éphémère. Pour fonder des amitiés durables, il faut les harmonies du goût, les consonances de l'esprit ; il faut, pour être unis, entrer dans les passions de l'intelligence. On est plus touché du soin qui émulationne l'esprit que de celui qui nourrit le corps.

— Jésus, dit Adrienne, a préféré la vie contemplative de Marie aux soins actifs qui agitaient Marthe incessamment.

— L'on a vu, reprit Maurice, l'homme d'études, de peur d'être contrarié dans les idées qui font toute sa vie, choisir plutôt le célibat, la solitude, l'abandon. Le plus complet divorce, le plus malheureux des mécomptes entre les deux êtres condamnés à la même chaîne, c'est l'état où la femme trouve ingrat l'homme qui pense, et le penseur insupportable une domination matérielle. Entre nous, Adrienne, — et je le crois chaque jour davantage, — nous serions sympathiques !

Adrienne soupira.

—Etiez-vous heureusement partagée, ma cousine ? ajouta Maurice, interrompant cette digression. Fûtes-vous toujours en harmonie dans votre ménage ?

La jeune veuve soupira encore et baissa les yeux.

— Vous n'apparteniez point, j'espère, à l'un de ces maris qui, loin de traiter la femme en idole aimée, la reçoivent à peine en compagne, en égalité de puissance, et absorbent ce délicat trésor dans l'égoïsme de leur superbe et inférieure nature ? Enfin avez-vous déjà été heureuse ?

— Jamais.

— Vous n'aimiez donc pas l'époux qui vous fut donné ?

— C'est moi seule qui l'avais choisi.

— Quel mystère !

—Oui, poursuivit Adrienne, je vous l'ai déjà dit : il y a là un mystère. D'abord j'étais résolue à vous demander du temps pour l'expliquer, mais ce serait abuser désormais de votre confiance, se défier de votre loyauté. Le moment vient ; et, ce nom que j'ai porté, il faut vous le dire.

—Et moi, je ne veux pas le savoir ! interrompit brusquement l'officier.

Puis il rougit de sa pétulance et cacha sa tête dans ses deux mains avec le geste d'un enfant honteux à la fois et boudeur.

— Pourquoi ce refus, mon ami ? dit lentement et tendrement Adrienne.

— Parce que je vous aime, ne le savez-vous pas, dit Maurice, et que je suis jaloux du passé.

VII.

Un matin, à son réveil, l'officier de marine était pensivement accoudé
au balcon de sa chambre, donnant sur un de ces jardins, déjà si rares,
échappés encore aux embellisseurs de Paris, et qui finiront tous par dis-
paraître, lorsqu'on lui remit un billet. La suscription était pour lui
d'une écriture absolument inconnue.

On sait les impressions qu'exerce la première vue d'une écriture sur
certaines imaginations méditatives. Maurice n'était pas de ceux qui se
prétendent dans le secret d'une âme et dans la révélation de toutes ses
qualités occultes, sur l'inspection des caractères que la main a formés;
mais s'il s'en fût rapporté à l'involontaire sentiment de répulsion que
fit naître en lui la correcte petitesse de ces traits de plume et l'exacte
observation de tous les détails, depuis les barres infaillibles des T jusqu'aux méticuleuses formules de la plus rigide ponctuation, de la plus
cérémonieuse étiquette, il aurait jugé qu'il entrait beaucoup de pédan-
tisme et de sécheresse dans les habitudes de son correspondant.

La signature de ce billet lui donna la soudaine envie d'en savoir le
contenu : il y trouva ces mots :

« Je pense qu'il serait conforme aux intérêts de deux hommes d'honneur que nous eussions, monsieur, un entretien particulier. Je vous le
demande, ou chez vous ou chez moi, comme il pourra vous agréer, mais
à une heure conciliable avec mes occupations journalières. Ainsi aujour-
d'hui, par exemple, je me rends à l'Académie française pour assister
à la réception de M. le chancelier de France. Ce soir, je serai fort
occupé à rendre compte à nos très nombreux lecteurs de cette solennité si intéressante; mais demain, et quand vous aurez bien voulu
réfléchir sur le moment dont vous pouvez disposer, je prendrai de vive
voix votre réponse dans le salon où nous avons coutume de nous rencontrer. — Agréez, etc. Signé JOUVELLIER. »

Maurice devina sur-le-champ qu'il s'agissait d'Adrienne. L'excita-
tion de contrariété que développa en lui cette démarche, accueillie comme
une hostilité, le décida à prendre lui-même une résolution subite, à exé-
cuter un projet qu'il eût peut-être différé encore sans cet événement.

Quand une chose est bien résolue dans notre pauvre cœur, hélas! il faut
qu'elle s'accomplisse. Nul n'échappe à cette fatalité qui gouverne tout, en
dépit des réflexions et des intimes conseils. Mais combien les hasards
qui nous circonviennent ne peuvent-ils pas influer sur l'avénement des
projets, ou reculer leur accomplissement!

Maurice épia le soir même l'arrivée d'Adrienne à l'hôtel de Mauny.
Cette fois il demanda à la veuve avec des instances nouvelles la permis-
sion d'être reçu chez elle dans un très proche délai. Sa cousine ajourna
encore cette faveur qu'elle appelait toujours intempestive; et le chagrin mêlé d'humeur que causa cette obstination à Maurice le fit sortir
de l'habitude qu'il avait de faire cette espèce d'école buissonnière où il
entraînait souvent la veuve. Ils arrivèrent donc immédiatement au seuil
du salon. Il y avait ce jour-là un peu plus de monde qu'à l'ordinaire.
Les battans de la porte entr'ouverte les laissèrent d'avance découvrir
tous deux à la malicieuse Clotilde. Elle remarqua avec plaisir leur air de
mésintelligence et d'embarras. Toutefois, elle vit en même temps un
grand laquais s'avancer pour annoncer son amie, et il avait à peine
articulé intelligiblement : « Madame ..... » que la maîtresse de la maison couvrit sa voix par un joyeux cri d'empressement.

— Vous voilà, chère ! dit-elle, et elle embrassa Adrienne en se plaignant qu'on ne sût pas même faire de différence entre les visiteurs cérémonieux et les plus intimes.

Maurice, distrait ou boudeur, avait déjà gagné le côté opposé de l'appartement où Mme de Mauny entraînait son amie. Plus tard, il descendit au jardin. Adrienne n'y vint pas. Mais pouvait-elle échapper longtemps à l'obsession de Maurice devenue ardente et pénible ? Après la soirée, il s'obstina à l'escorter jusqu'à son domicile. La négresse les suivait à distance, heureuse de voir cette protection s'attacher sur les pas de sa maîtresse à l'heure assez avancée de la nuit, car la douceur de l'air et la beauté du clair de lune ne rassuraient guère la vieille femme, et n'agissaient que sur l'imagination du couple, d'abord froid et muet.

Enfin, Maurice par un mouvement qui parut brusque à sa compagne, mais qui n'était que la conséquence logique des sentimens qui se combinaient alors en lui, Maurice oubliant l'heure, le lieu, et le peu d'opportunité des dispositions de sa cousine, lui parla comme s'ils eussent été dans une tranquille solitude.

— Ecoutez ! lui dit-il. Vous êtes mon seul intérêt dans la vie : voulez-vous donner à cette vie que je vous consacre le repos et le bonheur ?

— Je le voudrais au prix de mon sang.

— Faites-vous des vœux sincères ?

— Oh ! oui.

— Eh bien ! ce bonheur est dans vos mains.

— J'ai passé le temps de croire en moi, dit-elle.

— Et celui d'accorder à un autre l'orgueil de vous protéger, est-il perdu aussi ?

Adrienne ne répondit pas.

— Pourquoi, en refusant de me recevoir demain, feriez-vous semblant de ne me pas comprendre ? dit Maurice.

— Je ne mets point de fausseté dans mon silence, ami ; point de coquetterie, point d'équivoque pudeur. Je vous comprends, et la résolution que j'oppose dans mon âme à des vœux qui vous égarent un moment, ne m'ôtera jamais, je l'espère bien, le sentiment d'estime que je ne veux perdre devant vous par aucune épreuve que ce puisse être.

— N'êtes-vous pas veuve et libre ?

— Je suis libre, dit-elle.

— Avez-vous donc promis à un autre.....

— A personne, qu'à moi-même de ne point compromettre un homme d'honneur dans la disgrâce de mon sort, et de n'imposer à qui que ce soit une chaîne que je ne saurais plus couvrir de fleurs.

— Eh bien ! moi, je n'attends un sortable avenir que du bonheur de vous voir accepter mon nom. Je sens que cette union améliorerait ma destinée. J'ai la conscience qu'une grande partie des qualités qui me manquent est en vous. J'ai recours à vous dans mon indigence. En vous recherchant, j'essaie à me compléter : pardonnez-moi cet égoïsme. J'ai éprouvé près d'un autre que le manque de sympathie est le supplice inventé par Mézence. Quand je me suis égaré à confier ma pensée ailleurs, elle tombait dans le vide, elle se flétrissait comme la fleur coupée qui ne rencontre aucune fraîcheur, point d'eau hospitalière. C'était le germe semé sur la pierre lisse, sur le marbre sans pores et sans tiédeur. En vous mes idées rencontrent une patrie; votre regard les fait éclore, votre sourire les féconde. N'eussiez-vous jamais qu'un peu d'amitié pour moi, eh bien ! cette amitié aurait encore une grâce que nulle affection humaine ne m'a jamais offert. L'émulation de vous plaire et l'attrait de votre personne, voilà deux élémens de vertus, deux conditions de félicité : acceptez mon nom.

— Je serais fière de le porter, Maurice; c'est celui-là que j'aurais choisi si je m'étais jamais cru maîtresse de le prendre. C'était le premier nom de ma mère, et il m'est cher et sacré, monsieur Herblay, plus cher peut-être, et c'est à vous seul que j'oserai le dire, que le nom même de l'homme à qui je dois une part de ma vie; car il n'a pas, je le sais, rendu heureuse autant qu'elle méritait de l'être, l'amie que j'ai trop tôt perdue.

— Trouvez-vous que l'héritage de ce nom ait été compromis par votre indigne cousin?

— Vous l'avez honoré encore; mais il ne peut m'appartenir.

— Pourquoi?

— Parce que je n'ai pas les conditions de votre bonheur.

— Que voulez-vous dire?

— Que vous êtes plus jeune qu'Adrienne, mon ami; et le temps, au lieu de resserrer de tels liens, aurait deux actions pour nous désunir. Je n'aurais pu consentir à entrer dans votre sort que pour essayer d'en faire prospérer les chances.

— Eh bien! cette union sainte, je la veux en effet, parce qu'elle transfigurera ma destinée. Vous savez me suivre, vous, dans mes enthousiasmes. Je trouve en vous l'émulation de la pensée, le doux laisser-aller des rêves: et les rêves sont plus nécessaires à l'existence que l'action. Soyez ma compagne, ma conscience, ma récompense et ma foi dans un autre avenir. Hélas! je vois trop, par votre froide réserve, que ma félicité ne serait pas la vôtre; mais je serais si reconnaissant, qu'à force de me voir heureux vous seriez heureuse. Aimez-moi; je vous rends responsable de l'avenir. On ne devient méchant que parce qu'on n'est pas aimé. Vous oublierez un jour ce que le sacrifice vous aura coûté. Je ne pourrai, je le sais bien, vous rendre jamais ce qui sera votre dot dans cette alliance, le don d'un être d'élite pour un caractère infirme comme le mien; mais je subordonnerai ma volonté à vos désirs; je vous dirai tout ce que je pense, tout ce que je ferai. Qui sait, je le répète, si le bonheur dont vous seriez la cause ne récompenserait pas un jour votre dévoûment? Oh! ne soyez pas ingrate au point de repousser une si pure offrande; ne me calomniez pas trop en vous obstinant à croire que nos deux natures ne sont point sœurs. J'ai senti depuis que j'existe que nous pouvions vivre à l'unisson, chère Adrienne.

— Les amoureux croient cela, enfant. Les erreurs passent, les chaînes restent. Le temps fait ressortir bien des contrastes!

— D'où vous vient donc un si cruel découragement?

— De ce que j'ai perdu l'espérance avec la jeunesse, mon ami. La jeunesse d'une femme, c'est sa grâce, son premier mérite. Elle est notre valeur, à nous, comme à une précieuse monnaie ses empreintes, à un œillet son parfum. La beauté est une promesse de bonheur. La mission de la femme c'est d'être belle; un de ses devoirs c'est d'être aimée. Quand nous allons bientôt vieillir, que sommes-nous encore? Des amies, peut-être, des sœurs, des mères, objets de respect, exemples de vertus quelquefois, mais non plus idoles, non plus source d'enchantement; et nul n'a le droit de demander à qui n'a pas vu avril de se résigner à l'hiver. Oh! ne pensez pas à associer votre printemps à cette saison qui s'avance pour moi, Maurice. Vous êtes généreux; je connais votre cœur avant vous, il souffrirait de la disproportion qui viendrait peser à un autre. L'humiliation de la disgraciée vous deviendrait pénible, mon cher poète, car vous l'êtes, moins deux inconvéniens: la rime et la vanité. On ne plante guère un jeune ormeau, voyez-vous, pour soutenir la vigne, après l'été.

— Ainsi, vous vous croyez plus sage que la loi qui régit les cœurs, plus providentielle que l'instinct qui m'entraîne à vous? Et qui donc vous aimera mieux que je ne le fais? Est-ce monsieur... Je vous épargne son nom. Lui, juste ciel! Mais je défie tous les cœurs qui battent en ce monde sous la main de Dieu. Ah! vous serez punie de cette fierté, de cette révolte.

— Et qui vous dit que je ne le sois déjà? soupira Adrienne. Mais je préfère aux remords les regrets. J'aime mieux souffrir que compromettre le bonheur d'un autre. Mieux vaut concentrer le châtiment sur un réprouvé que l'attirer sur un innocent. Me consolerais-je de vous voir mal satisfait d'une possession bientôt sans charme? Le mal dont vous souffririez, j'en mourrais.

— Quoi! cette exagération de délicatesse vous rendrait sans pitié?

— Et vous, dit Adrienne, seriez-vous assez ingrat pour ne pas, à votre tour, deviner pourquoi je refuse? Vous m'obligeriez à tout braver; j'aurais le courage de vous le dire.

— Dites-le donc!

Adrienne hésita.

— Vous avez lu quelques romans, mon ami; on vous a redit jusqu'à satiété que les femmes de l'âge où j'arrive étaient d'inestimables trésors, que la maturité de l'âme et l'expérience étaient plus propres que la jeunesse même à apprécier, à récompenser un dévoûment généreux : erreur ou paradoxe! Il n'y a de sympathie qu'entre deux printemps; c'est la saison des doubles retours. Une femme de trente ans, voyez-vous, est bonne pour quelque jeune égoïste qui consent à se faire chérir, sans prendre sa part des tourmens qui sont le charme de l'amour. Mais c'est là une position de sécurité sans courage, une paresse de cœur, un sybaritisme qui ne saurait convenir à la noble inquiétude de votre âme. Comprendriez-vous un sentiment dont vous ne seriez que la partie passive? Une telle condition, à peine si on la pardonne à des femmes et à des enfans. Ce laisser-faire, cette récolte de soins acceptés sans les rendre, quand c'est un mari qui les offre pour la rançon de son âge avancé, ce sont tout au plus des mœurs de sérail, des grâces de sultane favorite : mais un homme! mais vous qui pratiquez la puissance et la force! Subiriez-vous les bénéfices d'un état dont vous n'auriez pas les charges? Il faut craindre, ami, pour bien posséder. Sans ennemis, voyez-vous, il n'y a point de royauté flatteuse, ni durable.

— Oh! rassurez-vous, dit candidement Maurice : je vous promets de vous aimer avec inquiétude, orage et angoisses. Je sens que je serai jaloux, je jure de mériter incessamment mon bonheur et d'en faire la conquête chaque jour avant de l'obtenir. Je serai jaloux, Adrienne!

— Enfant! vous auriez toujours pour votre grave cousine plus de déférence que d'entraînement. Il faut de l'égalité dans toutes les affections. Je voudrais peut-être ne vous avoir jamais servi de protectrice, oublier que vous m'avez doucement autrefois appelé maman Adrienne. Ce souvenir que je craindrais de perdre, que je ne veux sûrement pas voir s'effacer, je sens pourtant qu'il me blesserait.

— Ah! vous ne m'aimez pas. Vous vous défiez de mon caractère...

— Je me défie de moi.

— Que craignez-vous?

— Je vous l'ai dit : de ne pas vous rendre assez heureux.

— Et vous refusez de m'épouser, ingrate?

— Parce que je vous aime.

VIII.

Adrienne s'était éloignée à ce mot, et était rentrée chez elle, en cachant sa tête charmante dans ses deux mains.

Après deux jours, Maurice se rendit chez Jouvellier. — Il fut d'abord laissé seul un moment dans le cabinet-salon qui servait de sanctuaire à l'hypercritique. Sans doute c'était une habitude chez ce personnage, pour donner aux étrangers qui lui faisaient une première visite le loisir d'admirer les richesses artistiques de son réduit. Un désordre affecté régnait dans la bibliothèque et sur toutes les tables qui décoraient les angles et le milieu de la pièce. Un tableau offert par un maître à la mode était sur les bras d'un fauteuil, exposé près de la fenêtre dans un jour plus favorable à faire lire le nom de l'auteur qu'à favoriser l'effet de la composition. Des livres entr'ouverts au frontispice découvraient des dédicaces, des mots élogieux, des expressions d'amitié que la peur avait peut-être arrachés à quelques prétendans novices aux faveurs de la presse. Enfin une foule de lettres, autographes recherchés, trésors de signatures illustres, se laissaient voir confusément épars, comme si l'on eût été insouciant de les conserver.

— Eh bien ! cher ennemi, dit Jouvellier, entrant une gazette à la main, vêtu d'une magnifique robe de chambre et prenant l'air souriant et ouvert pour conduire l'officier vers une causeuse : j'espère que nous sommes aujourd'hui du même avis sur une question d'art. Avez-vous lu ce matin ce feuilleton du journal de *** ? Quelle décadence du goût ! quelle absence de sentimens élevés ! Pour qui, bon Dieu ! fonctionne cette machine à raconter, usine de bavardages sur des faits entassés sans liaisons ? Pour qui cuisine-t-on cette littérature indigeste, à l'état de chair à pâté ?

— Apparemment, dit froidement Maurice, pour les bourgeois qui la subventionnent et savent la digérer. Vous avez laissé, messieurs, s'établir ce commerce. La critique n'a point fait rougir le talent de cette dégradation de sa puissance, de cette abdication de sa magistrature. La littérature est exclusivement faite au profit de ceux qui ne s'y connaissent pas. C'est une denrée d'arrière-boutique. Les écrivains sont tombés dans la domesticité. On a bien compris qu'on ne satisferait pas les quarante mille abonnés d'une feuille au rabais avec du goût, du style et de la grâce dans les idées. On travaille pour les intelligences de pacotille et les âmes de juste-milieu. Aux écrivains qui avaient besoin pour fleurir d'un peu de pain et d'un peu d'estime on a distribué passablement d'or et beaucoup de dédain. Notre aristocratie étant détrônée par la révolution, et le peuple non éduqué encore, il a bien fallu, à défaut de la tête et des pieds du corps social, tête qui méditait jadis et pieds qui sauront marcher un jour, écrire en attendant pour le ventre : une masse de parvenus égoïstes et de conservateurs incapables d'émotions désintéressées. Le talent tâchait autrefois d'élever les lecteurs à lui, aujourd'hui il descend à eux. Il s'accroupit comme le géant qui voudrait parler à des nains, à des enfans noués. L'art n'est plus une patrie qu'on sert par honneur, mais pour des gages. Vos Ariostes de gazettes sont les Suisses de la poésie. Autrefois, je crois savoir que le philosophe voulait contribuer au bien de l'humanité, et le poète donner l'immortalité à ses rêves ; de nos jours les esprits les plus distingués se rabougrissent à la taille des consommateurs. Ces coursiers de pur sang se sont faits chevaux de fiacre et traînent le feuilleton à l'heure. L'improbité est dans les actions comme le mauvais goût dans les arts. C'est la mode : ne l'avez-vous pas laissé prendre ? Mais j'espère, monsieur, que nous n'allons pas continuer ici la conversation de l'autre jour.

— Ce serait votre faute plutôt que la mienne, dit Jouvellier. Vous êtes encore en une disposition hostile, à ce que je vois.

— Nous voilà seuls, dit Maurice. Que désirez-vous de moi, monsieur ?

Jouvellier changea de visage. Il fit à l'officier une nouvelle insistance de politesse pour le faire asseoir et après un moment de silence :

— Je veux, monsieur, dit-il, vous rendre un bon office qui intéresse l'avenir de tous deux. Vous êtes jeune et vous avez peut-être encore bonne opinion des femmes : je prétends vous détromper.

— Je mourrais, dit Maurice, si ce désenchantemeut était opéré en moi. Jo ne veux pas plus être infidèle à la croyance de Dieu qu'au culte de respect que nous devons tous à ce sexe à cause de notre mère. Quidonc vous porterait à mal penser de nos consolatrices dans cette vie ?

— Non pas , je vous assure, dit Jouvellier, prenant un air dégagé et indifférent, les mauvais tours qu'elles m'ont joués comme à tant d'autres : j'explique très bien leur inconstance à mon endroit par ma juste modestie et l'absence de mon mérite ; mais mon opinion sur elles s'est établie d'après la conduite que je leur ai vu tenir au contraire à mon profit. Si, pour un hommage qui n'était pas même sincère , pour un flatteur qui ne les aimait point , qui souvent ne les désirait même pas , elles ont oublié des devoirs, compromis un double avenir, de quelle fragilité n'est pas leur nature ! On sacrifie l'époux à l'amant , puis l'amant à l'époux et l'on brouille deux hommes d'honneur pour n'avoir pas trouvé en eux un complice et une dupe à la fois.

— Le dépit vous égare, monsieur, sur l'explication de certaines conduites étranges.

— Comme ici, n'est-ce pas? dit Jouvellier.

— Quelle est votre pensée ?

— Je pense que la plus pure des femmes ne se résigne jamais à être aimée avec un désintéressement platonique ; qu'on excite leur dédain en offrant un culte exclusif à la naïve bonté, à la distinction de l'esprit ou de l'âme ; il faut que les dames règnent par les sens. Elles veulen t qu'on adresse à la maîtresse les hommages destinés à la chaste idole. La plus irréprochable aime mieux être désirée que respectée ; faire exhibition des charmes de sa personne que des vertus de son cœur. Après avoir doté la conjugalité des surexcitations de l'amour, elles vous livreront tôt ou tard à la haine du mari, puis à l'abandon. Pourquoi vous résigner à la domination d'une épouse, vous qui êtes un heureux du siècle ? Bon pour moi, qui trouverais là ce qui manque à ma position sociale , mais pour vous, qui avez la liberté et la fortune acquises, ce serait une gratuite folie. Vous ne connaissez donc guère cet être de contradiction et de faiblesse ! J'avais un ami, monsieur, le plus malheureux des hommes sous la tyrannie d'une blonde lionne. Nous le déterminâmes à l'abandonner. Elle lui écrivit alors : — « Si demain, à telle heure, vous n'êtes pas venu chez moi, je n'existerai plus. » Nous rîmes tous de cette menace, et pourtant j'allai, de la part de l'amant menacé, savoir le lendemain le sort de son Ariane. Je la trouvai froide et mourante sur son lit. Ce fut en vain qu'on essaya de la secourir.

— Vous aimiez donc éperdument Arthur ? lui dis-je.

— Moi? je le méprisais, dit-elle. S'il fût venu là, sur mon invitation, je lui aurais craché à la face. Il n'est pas venu, je me suis empoisonnée.

Voilà le caprice et la contradiction, élémens de leur vie. C'est, au lieu de sang, la vanité qui bat dans leurs veines.

— Mais ces anecdotes, monsieur, vraies ou fausses, n'ont rien de commun avec l'objet qui nous rassemble. Que me voulez-vous, je vous supplie?

— Vous dire que nous avons courtisé la même coquette, et que vous en viendrez tout à l'heure à être éclairé sur elle, comme je le suis.

Maurice pâlit.

— Oh ! point de solennité pour une bagatelle, dit l'homme de spéculation matrimoniale. Je n'ai nullement voulu compromettre des gens de probité en allant moi-même au devant de leur mésintelligence. Entendons-nous, s'il vous plaît; car c'est pour ce but que je vous ai convoqué expressément.

— Au fait, monsieur, dit Maurice immobile et couvert d'une sueur froide.

— Au fait, n'aimez-vous pas certaine dame, amie de Mme de Mauny?

Maurice s'attendait à cette profanation de ses sentimens, à cette violence faite à la pudeur qui remplissait son âme, mais il ne put s'empêcher de tressaillir, malgré ses efforts pour paraître calme. Le mystère est le premier charme de tout amour. Le voir trahir est un sacrilége. Hélas! quand on sait que vous aimez, il s'étend comme une tache sur la poésie de votre bonheur. Ce n'est plus un trésor entre vous, Dieu et elle. Le monde pourra donc deviner vos émotions, prévoir les chances de votre fortune, les heures de votre félicité! Quand vous soupçonniez seul cet état de votre cœur à peine avoué à vous-même, il était plus doux, plus précieux. Dès l'enfance, n'avez-vous pas eu la révélation de cette jalousie instinctive? Quand vous saviez seul un nid dans les bois la joie était plus complète; s'il était découvert par un rival, ne sentiez-vous pas déjà de la colère envers l'indiscret et peut-être même un peu de désaffection contre l'objet qui avait causé votre enivrement?

Jouvellier eut peur du profond saisissement qui vint altérer la figure de Maurice; mais il était trop avancé pour reculer; et masquant son appréhension sous un faux dehors d'assurance généreuse, il poursuivit d'un ton auquel il cherchait à donner l'expression de la franchise:

— Oui, monsieur, cette jeune femme nous trompe tous les deux.

— En quoi vous trompe-t-elle, vous? demanda froidement Maurice. Vous a-t-elle promis sa main?

— Jamais.

— Eh bien?

— Eh bien! j'ai été encouragé dans sa recherche par son amie intime. J'ai dû croire que c'était par elle-même, car elle est riche et n'a point repoussé mes hommages. Et à présent elle semble vous écouter avec plus de faveur que moi. Or, elle nous trompe l'un et l'autre par l'état qu'elle s'attribue; et j'ai cru que deux adversaires loyaux se devaient un réciproque avertissement. Elle vit dans le mensonge... Elle n'a jamais été mariée. Si elle se dit veuve, c'est d'un homme qui n'est pas mort.

— Qui vous a révélé ce fait?

— Ceci est mon secret, pour aujourd'hui.

— Avez-vous exigé des preuves sur une accusation si grave?

— Et vous, monsieur, avez-vous vu son contrat de mariage? dit Jouvellier.

— Je n'avais nul droit à faire un pareil examen, répondit Maurice.

— Connaissez-vous seulement le nom du mari qu'elle a perdu? Eh bien! ce nom dont on a toujours fait ici un si étrange mystère, en affectant de ne donner à la jeune femme que son nom de baptême, ce nom, depuis que vous êtes ici, monsieur le comte, on semble l'éviter davantage encore; et j'ai quelque lieu de croire que ce secret vous intéresse indirectement. Son amant est une personne de votre famille.

Cet homme n'est qu'un odieux insensé, pensa Maurice.

— N'avez-vous pas un frère?

— Non, monsieur.

— Des cousins.

— Je n'ai qu'un cousin, exilé volontairement aux Antilles.

— Un assez mauvais sujet, n'est-ce pas? un dissipateur? Eh bien! ce sera celui-là dont elle se dit veuve. Mais au lieu d'un nom de mari, elle n'usurpe, je le répète, que le nom d'un amant. Elle l'aime encore jusqu'à l'extravagance. Elle lui a, depuis leur séparation, fait élever un tombeau: elle y va sans cesse. Si je savais où est ce mausolée, j'aurais tenté de trouver là quelque trace de la vérité! J'ignore le lieu.

— Je le sais, pensa Maurice.

— Dans tous les cas, acheva Jouvellier, si elle a été mariée, son mari n'est pas mort.

— Ainsi, monsieur, vous osez croire...

— Qu'elle n'est digne ni de votre affection ni de la mienne, et ne mérite pas de faire se commettre pour elle deux prétendans qui se respectent.

— Vous ne songez donc plus à l'épouser ?

— Si j'étais riche comme vous, j'y renoncerais à l'instant même. Sa conduite la tient bien au dessous d'un homme placé comme vous l'êtes.

— Arrêtez, monsieur !

— C'est une femme...

— Vous me rendrez raison de cette parole.

— Je n'ai rien articulé encore, dit Jouvellier.

— De cette pensée.

— Pourquoi ?

— Parce que le droit de la défendre m'appartient : je suis moi-même son parent.

— Comment ne le savais-je pas ?

— Que m'importe !

— Mais, monsieur, quand j'ai agi pour vous rendre service, et que j'ai voulu établir...

— Quoi ? Vous vous embrouillez, monsieur !

— Et vous, vous êtes résolu sans doute à ne rien entendre ?

— Pardonnez-moi : Je suis tout oreille sur le lieu, l'heure, le jour que vous allez choisir, à l'instant même, pour nous rencontrer au plus tôt.

— Avez-vous pris le temps d'y penser ?

— Voulez-vous que ce soit demain ?

— Vous réfléchirez, monsieur, sur les chances que vous voulez courir pour une femme perdue ; mais dans tous les cas j'appellerai l'intervention de mes amis.

— Je les attendrai demain hors de la barrière de Clichy.

— Peut-être, dit Jouvellier en ricanant, près de cette taverne qui fut le quartier-général du maréchal Moncey ?

— Si vous le trouvez bon.

— J'y serai avec deux amis.

— Les miens auront des armes.

IX.

— Coupable ou non, s'était dit Maurice, je la vengerai.

Mais ce mystère, qu'il avait jusque alors si incroyablement négligé de pénétrer, et dont il s'était rendu le complice lui-même par une susceptibilité toute maladive ; puis le caractère équivoque de Mme de Mauny paraissant devoir se refléter sur la conduite d'Adrienne, tout agit défavorablement et rapidement sur son esprit. Adrienne lui sembla perdue pour lui, et il se croyait décidé à l'abandonner pour jamais, quand il résolut, par respect humain, d'aller cependant la trouver une dernière fois.

Et puis comment remplir les heures qui le séparaient encore de l'instant où son rival et lui seraient en présence ?

Il trouva Adrienne chez la femme du banquier : elle l'attendait. Quand il s'approcha d'elle dans l'émotion d'un trouble où se mêlait la rage, la jeune femme, assise devant un camélia blanc, essayait d'en imiter la grâce avec des pétales de baptiste artistement découpées. A l'expression de la figure de Maurice, elle se troubla.

— Vous me direz enfin , commença-t-il à voix basse, mais impérieusement , le nom de l'époux que vous avez perdu, madame.

— Vous avez refusé de l'entendre.

— Le temps des mystères est passé. Pourquoi hésiteriez-vous, à votre tour, et résistez-vous à me faire cette déclaration? Avez-vous donc porté un nom qui vous fait rougir, donné votre main à un homme indigne de vous?

— Je plains ceux qui supposeraient gratuitement une action basse.

— Mais enfin le dévoilerez-vous, ce secret qui n'en devait être un que pour moi, à ce qu'il paraît ?

— Quand vous le demanderez autrement, dit Adrienne, en levant sur l'officier des regards où le courroux, le reproche et les larmes étaient prêts à se confondre. J'obéis quelquefois à une prière, jamais à un ordre, monsieur.

— Il y a donc là un ténébreux mystère ? vous ne pouvez du moins cacher cela.

— Il me semble que j'ai été au devant de vos propres suppositions.

— Il faut tout éclaircir ici, madame, et au nom de l'honneur.

— Ici est un rendez-vous mal choisi , dit Adrienne; je n'y consentirais qu'ailleurs.

— Et où vous aborder ? Je ne le puis.

— Pardonnez-moi, monsieur : au lieu même , par exemple , où nous nous sommes rencontrés naguère pour la première fois depuis votre retour en France.

— Mais le temps presse !

— Je vous y attendrai demain.

— Puisse-t-il n'être pas trop tard ! dit l'officier.

— Eloignez-vous, Maurice : quelques personnes s'approchent, et pourraient s'étonner de votre trouble que je ne comprends pas moi-même.

— Oui! oui! je m'éloigne , dit avec amertume le lieutenant de frégate. Je suis discret, madame et craindrais de devenir importun. J'aperçois parmi les flatteurs qui vous arrivent M. Jouvellier lui-même.

— Maurice , dit-elle avec timidité, pourquoi le haïssez-vous ? Je ne l'aime point.

— Ainsi, insista durement l'officier, demain au Mont-Louis. Vous ne me trompez pas ?

— A dix heures du matin. Nous nous y retrouverons, et là je vous confierai tout ce que vous devez savoir.

Adrienne s'était contrainte pour répondre avec ce calme à la dernière et injurieuse insistance de son cousin ; puis, afin de ne point trahir les pleurs qui commençaient à mouiller ses yeux, elle se leva, s'enveloppa de sa mante, et sortit sans avoir attiré l'attention de personne.

De personne... excepté Maurice ! Mais celui-ci, à qui rien d'elle ne pouvait échapper, feignit de ne pas apercevoir sa retraite et ne la suivit point.

Maurice resta seul dans ce salon. Où aller ? Ce salon maintenant désert n'était plus occupé que par un amateur tenant le piano pour accompagner Mlle de Lerney qu'on n'écoutait pas. Quelques tables de jeu restaient cupidement silencieuses, et l'attention de la maîtresse de la maison était exclusivement dirigée sur Maurice lui-même. Maurice tomba dans une rêverie profonde. Il examina son cœur, et frémit d'y rencontrer de bizarres contrastes, des anomalies singulières. Les propos de Jouvellier avaient, malgré lui , germé et creusé des traces dans son esprit. La légèreté de la femme du banquier lui semblait maintenant avoir dû être un dangereux exemple pour sa cousine, et il en était à se dire : Elle est donc méprisable, et, malheureux, je crois que je l'aime encore !

Clotilde s'approcha. Jamais Maurice ne l'avait vue si séduisante. Il fallait que cette grâce de sa personne fût en effet prestigieuse, puisqu'il en fut ébloui, malgré les amères distractions de son chagrin. Mais la femme qui a résolu de plaire, n'a-t-elle pas à sa disposition des ressources toujours nouvelles et des charmes inattendus ? Cette coquetterie, c'est l'aube qui donne à la fleur un plus frais velours, le rayon du soleil qui en exhalte les parfums. Lorsque Mme de Mauny, franchissant à pas légers les tapis muets, vint s'arrêter à côté de l'officier, posa une main sur le bras de son fauteuil, et glissa à son oreille : Je crois que vous vous ennuyez, il fut réveillé comme par une musique aérienne, un souffle de la brise d'Alger. La jeune femme était parée pour une fête : une robe de soie paille dessinait un corps onduleux et riche, des boucles de cheveux noirs couvraient à demi des épaules nues, et un pied d'enfant s'avançait pour appuyer l'attitude gracieuse. Entre la manche festonnée de dentelles et le long gand à l'amadis s'arrondissait, rose et potelé, un coude à fossette, un fragment de bras appétissant comme la pêche.

— Que faire ici, vous et moi, ajouta-t-elle malicieusement depuis qu'Adrienne s'est envolée, et que mon adorateur assidu, M. Jouvillier, s'est éclipsé après elle ?

Maurice parcourut des yeux le vaste salon, et s'aperçut avec un vif sentiment de jalousie que cette double absence était réelle. Comment ne l'avait-il pas remarquée ?

— Laissons tous ces visiteurs fossiles, tous ces meubles demi-usés de mon hôtel entre les honneurs égoïstes que leur fait M. de Mauny et les émotions d'un robb perdu ou gagné. C'est aujourd'hui mon jour de loge à l'Opéra-Italien ; voulez-vous être assez désintéressé pour me donner la main ?

— A vos ordres, Madame, dit Maurice qui s'était levé avec précipitation, moitié contrarié de la proposition, moitié flatté de la préférence. Il ne démêlait pas bien si c'était un bonheur ou un malheur pour lui d'être distrait en cette circonstance. Mais, ajouta-t-il, il fait une chaleur accablante ; ne regretterez-vous point dans cet étroit espace qu'on appelle judicieusement une *loge* les fenêtres ouvertes sur votre jardin, le banc qui pourrait vous y recevoir ?

Clotilde jeta un coup d'œil sur les masses d'ombre établies autour de l'hôtel. Elle fut tentée de changer de projet ; mais un rayon de la lune passant entre deux nuages dissipa brusquement ce mystère, et elle éleva sur l'officier un tel regard de reproche pour son hésitation que celui-ci en fut frappé. Il trouva dans cette mine boudeuse une grâce si piquante que Clotilde s'en aperçut, et, désormais sûre de l'ascendant qu'elle venait de conquérir, elle ne renouvela pas même sa proposition. Elle sonna, demanda mystérieusement un chapeau, un châle et sa voiture, sans plus douter qu'elle serait suivie.

En effet, la loge de Mme de Mauny s'ouvrit pour deux personnes, et devant ce tête-à-tête improvisé s'acheva un acte de la *Somnambule*. La prétendue trahison de l'amoureuse et l'accent si plaintif et si tendre de Rubini accusant l'infidèle portèrent de nouveau le trouble dans le cœur de Maurice, partagé entre l'émotion assez naturelle d'un duel imminent, et les soupçons qui s'établissaient sur une femme toujours aimée, pour laquelle il aura demain peut-être sacrifié sa vie.

Au moment où la situation de l'amant trahi touchait le plus l'auditeur passionné :

— Pourquoi vous mariez-vous ? lui dit familièrement la charmante femme.

— Ce projet n'a rien d'arrêté, répondit Maurice.

— Mais vous en avez le désir ?

— Je l'ai eu. Ne l'approuviez-vous pas ? Vous qui connaissez mieux que personne celle qui m'avait inspiré cette résolution, aurez-vous,

madame, la franchise de me donner un conseil ? de me dire votre avis
sur cette sérieuse affaire?

— Oh ! moi, dit Clotilde, je suis son amie.

— Raison de plus pour que je ne craigne point que l'indulgence vous
abuse. Vos opinions sont éclairées ; votre expérience est accomplie, qui
aime bien châtie mieux : parlez.

— Adrienne est irréprochable, dit Mme de Mauny avec une gravité
qui avait quelque chose d'ironique.

Et en même temps elle affecta de ne point rencontrer les yeux de
Maurice qui la regardait avidement, afin d'étudier son regard. Il savait
très bien que cette assurance naïve à laisser ainsi pénétrer la pensée est
le premier symptôme de la franchise qu'on apporte dans une assertion.

— Cependant, dit-il, il plane un mystère sur son premier mariage.

— On vous a conté ces folies ?

— Pensez-vous qu'elle serait compromise?

— On le dit ; mais ce n'est pas vrai. Nous autres pauvres femmes,
nous sommes fort malheureuses ; pour peu que nous soyons pourvues
de quelques avantages, on s'en venge en nous entourant de calomnies;
et les injustes opinions s'étendent si généralement sur notre compte que
je ne désespère point qu'il ne se rencontre plus, avant peu, d'assez in-
trépides maris pour se charger de nous.

— Vous ne *désespérez point*, dit Maurice.

Sans doute. Serait-ce donc un si grand malheur que de voir s'anéan-
tir l'absurde institution du mariage? Le bonheur est-il là? L'avènement
de la femme libre ne sera-t-il pas un progrès de ce siècle ? Avons-nous
manqué de livres et d'exemples pour venger la servitude où l'homme
abrutit sa compagne?

— M. Jouvellier, reprit Maurice, se pose en rival devant les admira-
teurs de votre amie.

— M. Jouvellier est un fat, il se vante. Ne croyez pas un mot de tout
ce qu'on dit partout sur lui.

— Que dit-on ?

— Rien. Mais vous êtes bien peu galant, monsieur, de ne me parler
ici que d'elle. J'avais cru, en vous laissant de fréquentes occasions de
l'entretenir ailleurs, m'être ménagé au moins un peu plus de déférence
de votre part quand nous nous rencontrerions loin du monde. Laissons
ce sujet de conversation. Tenez, voilà la prima donna qui entre en scène :
je vous permets d'applaudir.

— Mais que dit-on sur M. Jouvellier ?

— Eh ! mon Dieu ! des choses triviales : qu'il a des droits... d'après
une promesse, un engagement de... délicatesse, de... reconnaissance ,
que sais-je? Veuve ou non, on dit qu'elle doit l'épouser, mais tout cela
n'est pas même vraisemblable. Quand une femme a le bonheur d'être
aimée d'un homme... comme vous, peut-elle hésiter sur le choix ?

Clotilde accompagna ces derniers mots d'un étrange regard. En versant à la fois le poison et la flatterie dans le cœur de l'ardent jeune
homme, le rayon de colère qu'elle y fit descendre se croisa avec un éclair
de volupté soudaine.

La douce et blanche main de Mme de Mauny tomba sur le genou soyeux
qui touchait le genou de Maurice; et cette main, l'officier la pressa dans
une étreinte moitié tendre et moitié furieuse. Il voulait être amoureux
d'elle et lui fit mal, en pensant à Adrienne.

Cependant il voulut parler:

— Chut ! dit Clotilde, comme si elle eût été occupée à prêter l'o-
reille à l'habile cantatrice, mais une contraction de nerfs ébranla tout ce
corps dont la mobilité était pleine d'attraits.

— Je succombe à la chaleur, dit-elle au bout d'un moment ; et il m'a pris ici une migraine violente. Vous aviez bien raison de redouter pour moi ce spectacle. Allons-nous-en.

Elle s'était levée, et légèrement appuyée sur le bras de Maurice, la sylphide descendit l'escalier de Favart en l'effleurant à peine : se jeta dans sa voiture avec la grâce de l'hirondelle qui revient au nid.

— Boulevard d'Enfer! dit-elle au valet de pied qui refermait la portière.

Puis elle ajouta en s'adressant à Maurice :

— Je ne veux vous perdre ni vous damner, monsieur. Seulement je désire prendre l'air du soir avant de rentrer. J'ai soif d'un peu de fraîcheur ; je veux qu'on me promène, au pas, sous l'ombre de ces grands ormes que la lune projette à des distances égales et gigantesques. Vous n'êtes pas romantique, vous! ou plutôt les grandes scènes de la mer vous ont ramené bien froid devant nos paysages et les aspects qui se développent autour d'une ville : mais pour moi je trouve Paris la nuit assez poétique, et la clarté des étoiles aussi suave que la musique de Bellini... qui en vérité leur ressemble un peu. Ne trouvez-vous pas?

Quand ils furent à la hauteur de la barrière du Maine, après avoir dépassé la Seine, le Palais-Bourbon et cette coupole des Invalides qui, plutôt que de surgir du sol, semble un lustre doré qui serait suspendu aux cieux par un cordon invisible :

— Voilà la route que je prends d'ordinaire, dit Mme de Mauny, pour me rendre à mon petit cottage de Verrières. Connaissez-vous ce village dans les bois, monsieur Maurice? Il faudra nous y venir voir dès que l'automne aura nuancé les feuillages et permis les courses à cheval de Vaupéreux à Aulnay, d'Igny au Val-profond. Quel agreste pays! Je l'aime parce qu'il est couvert de bruyères et de châtaigneraies : on est là à deux heures de Paris et à mille lieues de toute habitation humaine.

— C'est donc un refuge tout fait pour le bonheur, dit Maurice, qui se sentait enivré par la présence de sa blanche compagne.

Il respirait en effet le même air qu'elle dans un étroit espace, ou plutôt le souffle qui s'exhalait de cette jeune poitrine venait enflammer la sienne. Une fraîche sparterie était sous leurs pieds, et les parois de la voiture, revêtues de satin à rosettes bleues, recevaient pour les amortir les ondulations qu'imprimait la rapidité de la marche aux rondes épaules de la nonchalante promeneuse.

Elle fit arrêter l'équipage à l'embranchement des routes de Berny et de Châtillon, contempla un moment l'horizon étoilé qui était devant elle ; puis tout à coup elle donna un ordre à son cocher dévoué, en relevant un des stores de devant.

— A Verrières!

— Voilà ce que j'ai résolu, ajouta-t-elle pour son compagnon stupéfait, et qui avait de si impérieuses raisons pour ne point s'éloigner de Paris dans les circonstances présentes. Je veux me réveiller dans les bois, entendre chanter les oiseaux sous les tilleuls qui ombragent ma fenêtre. Accompagnez-moi jusqu'à ma maisonnette. Vous ne me laisseriez pas seule approcher les dangereuses carrières de Mont-Rouge, affronter les bois de Malabry! Une fois en sûreté, je vous rends la clé des champs. Ma voiture vous ramènera à Paris ; elle fera le trajet en quarante minutes s'il le faut ; vous pourrez encore retrouver M. de Mauny au milieu de son salon de joueurs pour lui donner de mes nouvelles et lui faire excuser mon étourderie. J'ai une passion de locomotion, un caprice, si vous voulez, une fantaisie de campagne, mais elle est invincible. Mon cher banquier m'en a passé bien d'autres! et je sens que je compromettrais ma santé si je ne cédais pas.

Et la voiture lancée au pas de course les emporta tous deux dans les ténèbres.

X.

A présent, qu'on me laisse courir vers le dénouement de cette histoire, dussé-je abréger quelques détails, passer à pieds joints sur quelques autres et me réfugier, au lieu de disputer sur la convenance de certains événemens, dans le commode domaine des faits accomplis. N'est-ce pas là une moralité à la mode ? Et qu'avez-vous à dire aujourd'hui sur l'inspiration et même les résultats d'une action quand on a répondu : C'est un fait accompli. L'abandon des alliés, par exemple, serait-il un déshonneur pour la France? — C'est un fait accompli. Certain droit concédé aux Anglais avilit-il le pavillon tricolore? — C'est un fait accompli. L'anéantissement de Paris sous le canon des forts détachés? — C'est...

... Et puis comment voulez-vous que je fasse comprendre à mes chastes lecteurs ce que c'est qu'un entraînement né du désespoir ? la volupté par vengeance ? les poisons et les délices versés ensemble ? enfin cette tentation féminine, ou diabolique, de perdre à la fois une amie et de lui arracher son amant ?

Le lendemain matin, il était huit heures un quart, et le comte de Flavières n'avait pas encore paru à la barrière de Clichy. Jouvellier et ses deux témoins s'y trouvaient depuis quelques minutes, et déjà un sourire de satisfaction triomphait sur les lèvres de l'hypercritique. Cependant les trois personnages représentant l'offenseur avaient remarqué, assis à l'écart, deux sous-officiers arrivés avant eux qui ne paraissaient pas réunis là pour une tâche de désœuvrement, car ils cachaient soigneusement deux épées sous la longue redingote militaire, et Jouvellier ne s'était point trompé en les supposant appelés par Maurice pour lui servir de seconds.

Mais Maurice ne paraissait pas. Ses camarades du brick le *Pélerin* n'avaient pas l'ombre d'une défiance sur la bonne volonté de leur lieutenant; mais ils commencèrent à craindre qu'un accident, un malheur peut-être irréparable ne l'eût enchaîné malgré lui.

— Messieurs, dit en s'approchant du couple le très outrecuidant Jouvellier, ne seriez-vous point là pour un absent qui nous brûle la politesse à tous ?

— Nous sommes ici pour le lieutenant d'Herblay, dit le plus jeune des deux, et il ne manquera point au rendez-vous d'affaire qu'il a ici avec quelqu'un.

— Ce quelqu'un, c'est moi, dit arrogamment son rival; et je vous prie de constater, pour l'attester publiquement et ailleurs, comme le feront mes amis, que le provocateur a déserté. Nous nous retirons.

— Pas encore, dit le même témoin.

— J'ai accordé les quinze minutes de grâce, messieurs, dit le plumitif, et le combat.....

— Ne finira point faute de combattant. Me voici, moi, dit le deuxième marin.

— Je ne vous connais point, répondit Jouvellier. Je ne vous ai fait aucun tort et vous ne m'avez point insulté.

— Je vous insulte, monsieur; car je dis que si votre adversaire manquait à se rendre sur le terrain, c'est que vous auriez fait avertir la police et qu'on le retient à Paris malgré lui.

— Tu as tort, Marseillais, s'écria son camarade; j'aperçois venir le lieutenant lui-même. Son cheval est couvert d'écume et les deux genoux couronnés et sanglans disent qu'il s'est abattu en route. Messieurs, quelques secondes de plus ou de moins ne se comptent pas entre hommes de cœur, et on vous prouvera qu'on sait réparer le temps perdu.

Jouvellier pâlit et regagna le côté de ses acolytes.

On essaya de parlementer. Jouvellier tenta bien les moyens termes et les rétractations ; il eût désiré avoir les honneurs de la guerre et les profits de la paix ; mais Maurice fut inflexible. Il semblait que le mécontentement de lui-même pour un si léger retard augmentât sa susceptibilité de point d'honneur. Il lui fallait une victime. On eût dit qu'un remords, serpent secret et vivace, le piquait, le poussait en avant; qu'il avait à se venger des autres et de lui-même.

Il était, en effet, dans une situation d'âme éminemment dangereuse pour la vie de son adversaire et même pour la sienne. Il perdait ses illusions, son espoir, sa propre estime peut-être. Il ne se croyait plus digne du bonheur qu'il avait tant envié ! Il flottait entre la colère et le repentir. Il avait à réparer une injure et plus d'une tache à effacer. Il pensait qu'elles se lavent toutes dans le sang : que ce fût celui de son ennemi ou le sien. Aussi se livra-t-il aux premières chances du combat avec tant d'insouciance et d'impétuosité qu'il fut blessé grièvement.

Que faisait pendant ce temps Adrienne ?

Elle s'était levée avant le jour et rendue sur la colline funéraire bien avant l'heure désignée, elle attendait avec angoisse. — Du sein de la cité des morts, de cette enceinte où le deuil se poétise du moins par le culte des regrets, elle portait un regard avide vers la cité des vivans. Elle était loin de penser que peut-être ne reverrait-elle plus Maurice ; qu'au lieu de la place qu'elle espérait lui conserver dans son cœur, il ne devait peut-être occuper qu'un tombeau de plus au milieu de ces mille tombeaux. Elle eût donné elle-même sa vie entière pour abréger d'un instant une si pénible attente.

Quand Maurice arriva au cimetière il était pâle et abattu, repentant et blessé. Il regarda autour de lui ; il fut frappé de l'aspect de tant d'objets lugubres. Il frémit à rencontrer un convoi... et se glissa aussi vite que ses forces pouvaient le lui permettre vers le bosquet où Adrienne lui avait assigné rendez-vous.

Dans ce petit espace, tout avait été récemment changé et bouleversé. Les marbres tumulaires étaient relevés pour des embellissemens projetés peut-être; mais il attendait avec tant de préoccupation ce qu'allait lui dire sa cousine, qu'il se retint de faire aucune question sur ces objets extérieurs.

Adrienne, elle-même, ne put remarquer que le bras de l'officier déjà blessé en Algérie avait repris son écharpe et que sa main droite était gantée et enveloppée à demi d'un mouchoir, tant il les tenait cachés avec une adroite précaution et serrés contre sa poitrine.

— Pourquoi, lui dit-elle avec une sorte d'autorité modeste, votre altercation avec M. Jouvellier ?

— Parce qu'il a dit calomnieusement que vous n'étiez pas veuve.

— Et s'il avait eu raison ?

— Quoi ! dit Maurice avec un profond sentiment d'effroi, votre mari vivrait encore, madame ?

— Je n'ai jamais été mariée.

Et avant toute réflexion, avant d'être frappé d'un mensonge si longtemps établi, une impression d'indicible félicité traversa le cœur du jeune homme.

—Vous n'auriez jamais été à un autre ! répéta-t-il avec délire. Ah ! ne me trompez pas : et je vous connais trop pour craindre que jamais l'oubli d'un devoir, la possession d'un ange tel que vous ait devancé le mariage. Mais pour l'avoir feint ce mariage, et avoir élevé un tombeau à l'élu de votre cœur sans doute, il fallait qu'un autre que moi vous fut bien cher! Vous l'avez donc aimé éperdument?

— Uniquement, vous voulez dire; et il me sera cher jusque dans une meilleure vie, continua-t-elle en rougissant. Mais écoutez et apprenez enfin une bien naïve, et pourtant bien romanesque histoire.

Elle l'invita, d'un geste un peu timide, à s'asseoir près d'elle sur les marbres dérangés où il l'avait trouvée elle-même et qu'en ce moment protégeait l'ombre d'un peuplier grandi à côté.

Maurice fit un mouvement de répulsion instinctive, qui semblait protester contre le choix d'un pareil lieu pour une telle confidence.

— Asseyez-vous, dit Adrienne qui ne s'était point levée. Il n'y a ici nul vestige humain, point de profanation. Ce monument est un simple cénotaphe, élevé avec piété à une mémoire chérie. Ecoutez-moi avec quelque affectueuse patience.

Maurice, faible, et que la perte de son sang avait épuisé plus qu'il ne le croyait lui-même, se résigna sans peine à la laisser parler. Il avait besoin de réunir ses forces pour un si solennel moment ; il s'appuya sur l'arbre de deuil et écouta.

— Quand je fus arrivée à mes vingt-cinq ans, mon cousin, à cet âge fâcheux qu'on appelle de discrétion, je me suis sentie seule au monde et j'ai été effrayée. La mort ne m'avait-elle pas déjà enlevé successivement notre oncle, puis la bonne Mme de Veyrac, et la guerre mon unique parent? J'ai été, je le répète, effrayée, embarrassée de l'avenir. Avez-vous jamais réfléchi, Maurice, sur la perspective d'une vieille fille au milieu du monde? Cette position est difficile, équivoque et même un peu ridicule. Sa présence embarrasse les personnes qui lui portent intérêt et gêne jusqu'à ceux qui l'approchent comme indifférens. Avant qu'elle soit personnellement connue, son seul état lui est attribué comme une disgrâce; c'est une épigramme contre sa personne, ou une punition de son caractère. On se la représente tout d'abord ou laide ou méchante. Souvent le parti très sage qu'elle a pris, la condition qu'elle a voulu s'imposer est une conséquence de l'élévation de son cœur et de la distinction de son esprit; mais le monde l'attribue infailliblement à des qualités absentes.

Maurice souffrait beaucoup... mais il faisait effort pour ne pas trahir la gravité de son mal et inquiéter sa compagne.

— Oui, la femme majeure, reprit candidement Adrienne, et qui n'a point payé tribut à la destinée ordinaire de son sexe est calomniée par son sexe même, et le vôtre. La retenue de ses discours embarrasse, et la raideur de son maintien est sans grâce. Sa seule présence entrave ou refroidit les entretiens, en bannit la franchise et attriste les physionomies. C'est dans le paysage un arbre sans fleurs et sans fruits; il faut plaindre la vieille fille ou se moquer d'elle : deux obligations déplaisantes. La délaissée semble à l'état d'interdit, à la position d'infirme, et elle est pour ainsi dire retranchée du monde. Vous allez sourire de mon peu de philosophie; mais je n'ai pu me résoudre à devenir cet être d'exception, à attirer les yeux comme un phénomène, à gêner les épanchemens de l'esprit et à me faire adresser par des indifférens une pitié à laquelle je n'aurais peut-être su répondre sans un orgueilleux dédain. Alors j'ai pris un parti bizarre, celui d'aller passer un an en province, et de ne revenir à Paris, seul pays où puisse vivre qui n'a pas de chance de bonheur, que rachetée de ma déchéance. Je voulais un caractère qui effaçât en moi ce cachet de répulsion attaché aux êtres disgraciés.

— Mais j'ai su que vous pouviez choisir entre vingt prétendans, Adrienne!

— J'avais un motif pour les refuser tous.

— Vous aimiez ailleurs?

— Peut-être. J'ai toujours été trop peu de chose pour attirer sur moi des yeux fort attentifs ; je savais bien que m'absenter de Paris, c'était pour les habitans de cette Babel où l'on voit à peine ceux qui sont présens, sortir de l'univers, donner sa démission de vivre. J'étais sûre que je pouvais me marier là-bas par la fiction du monde la plus simple et la plus impossible à découvrir; m'en aller fille et revenir veuve après un an, sans que personne s'informât des détails de l'affaire et de la couleur des yeux de mon seigneur et maître. Je pouvais tout à mon aise regretter Barbe-Bleue ou Grandisson. Je n'avais plus de parens qu'un seul : vous ; et je me proposais de confier à lui, seulement à lui, le mystère de cette supposition innocente. Cependant j'allais renoncer à ce projet, parce qu'on hésite toujours devant un mensonge, quand un événement bien funeste et bien inattendu vint s'interposer dans mes résolutions. Un homme que j'avais estimé toute ma vie vint à mourir loin de moi : je pleurai sa destinée, j'honorai sa mémoire et au lieu de penser alors à emprunter un nom de roman qui par hasard aurait pu appartenir à quelque réelle famille, je crus plus religieux, plus chaste, plus conforme aux sentimens que j'avais dans le cœur de revêtir le nom du décédé en même temps que le deuil, non fictif, que je pris pour jamais à la nouvelle de sa perte.

— Et le connais-je, dit Maurice, cet homme qui vous avait inspiré un tel acte d'affectueuse confiance?

—Vous le connaissez.

— Quel nom prîtes-vous, Adrienne?

— Celui de ma mère. Il m'était plus cher qu'aucun autre.

— Qu'entends-je, s'écria le blessé avec transport : Oh! prenez garde! tant de bonheur peut être funeste. — Et cet homme que vous saviez mort, avez-vous dit...

— C'était vous.

— Adrienne!

—C'est votre nom que j'ai porte.

— Et vous ne le quitterez plus. Vous m'appartenez par le droit même de votre usurpation.

— La pardonnez-vous?

— Je la consacre et je la bénis. Vous êtes à moi; vous n'avez plus le droit de n'être pas la femme de celui dont vous avez été la veuve.

Mlle de Parçay s'était levée, et son heureux cousin put lire sur le marbre, resté jusque-là demi-caché sous les plis de la robe :

A LA MÉMOIRE
DE MAURICE HERBLAY,
MORT EN ALGÉRIE:
SEPTEMBRE **1839.**

— Pardonnerez-vous maintenant à M. Jouvellier ? dit Adrienne avec quelque confiance.

Maurice pâlit.

— O mon Dieu! murmura-t-il, saisi d'effroi, que me demandez-vous?

— Je sais que vous vous êtes promis de vous revoir.

— Une rencontre, en effet, ne pouvait manquer d'avoir lieu.

— Oh! ne la cherchez plus! N'attentez pas à sa vie, s'écria avec angoisse Adrienne! S'il est vrai que vous soyez heureux, ne restez pas sans pitié. Pourrais-je être à vous si vous demeuriez inexorable. C'est sa grâce que je demande! Ne le tuez pas!

Maurice tressaillit encore. Puis avec un amer sentiment qui dominait son bonheur même :

— Il est inutile de vous le promettre.

— Serait-il trop tard?

— Il vous avait insulté, le lâche !

— Et il n'est plus ; je vous entends, cria la jeune femme. — Mais... vous-même, vous pâlissez !

— Ce n'est rien, dit Maurice.

Et il ajouta doucement :

— Mourir à la porte du ciel !

Adrienne s'approcha, cherchant comme un asile dans les bras de son vengeur. Lui-même il s'appuya sur elle. Il voulut se lever..... ses genoux fléchirent, la large blessure qu'il avait cachée s'était rouverte ; il tomba.

Adrienne, qu'il regardait avec amour, voulut se baisser pour le relever : il était froid et immobile.

Elle lui parla : point de réponse.

Elle se pencha pour le réchauffer de son souffle...

Il était mort.

H. DE LATOUCHE.

FIN.

www.ingramcontent.com/pod-product-compliance
Ingram Content Group UK Ltd.
Pitfield, Milton Keynes, MK11 3LW, UK
UKHW031759170726
13836UKWH00003B/1052

9 782329 371139